全新創意發想

桃太郎の教科書

U0050282

從日本中小學
課本學會話

日語 50 音 & 五段發音（a 段音、i 段音、u 段音、e 段音、o 段音）

【平假名】

清音 　　　　　　　　　　　　　　　　　　　　　　 鼻音

a 段音	あ a	か ka	さ sa	た ta	な na	は ha	ま ma	や ya	ら ra	わ wa	ん n
i 段音	い i	き ki	し shi	ち chi	に ni	ひ hi	み mi	(い) i	り ri	(い) i	
u 段音	う u	く ku	す su	つ tsu	ぬ nu	ふ fu	む mu	ゆ yu	る ru	(う) u	
e 段音	え e	け ke	せ se	て te	ね ne	へ he	め me	(え) e	れ re	(え) e	
o 段音	お o	こ ko	そ so	と to	の no	ほ ho	も mo	よ yo	ろ ro	を wo	

濁音 　　　　　　　　　　　　　　　　　 半濁音

a 段音	が ga	ざ za	だ da	ば ba	ぱ pa
i 段音	ぎ gi	じ ji	ぢ ji	び bi	ぴ pi
u 段音	ぐ gu	ず zu	づ zu	ぶ bu	ぷ pu
e 段音	げ ge	ぜ ze	で de	べ be	ぺ pe
o 段音	ご go	ぞ zo	ど do	ぼ bo	ぽ po

日語 50 音 & 五段發音（a 段音、i 段音、u 段音、e 段音、o 段音）

【片假名】

清音 　　　　　　　　　　　　　　　　　　　　　　鼻音

	a 段音										
a 段音	ア a	カ ka	サ sa	タ ta	ナ na	ハ ha	マ ma	ヤ ya	ラ ra	ワ wa	ン n
i 段音	イ i	キ ki	シ shi	チ chi	ニ ni	ヒ hi	ミ mi	(イ) i	リ ri	(イ) i	
u 段音	ウ u	ク ku	ス su	ツ tsu	ヌ nu	フ fu	ム mu	ユ yu	ル ru	(ウ) u	
e 段音	エ e	ケ ke	セ se	テ te	ネ ne	ヘ he	メ me	(エ) e	レ re	(エ) e	
o 段音	オ o	コ ko	ソ so	ト to	ノ no	ホ ho	モ mo	ヨ yo	ロ ro	ヲ wo	

濁音 　　　　　　　　　　　　　　　　　　　　　　半濁音

a 段音	ガ ga	ザ za	ダ da	バ ba	パ pa
i 段音	ギ gi	ジ ji	ヂ ji	ビ bi	ピ pi
u 段音	グ gu	ズ zu	ヅ zu	ブ bu	プ pu
e 段音	ゲ ge	ゼ ze	デ de	ベ be	ペ pe
o 段音	ゴ go	ゾ zo	ド do	ボ bo	ポ po

本書重要單字整理

● 五段動詞
（字尾：u 段音）

買う＿かう（買東西）

歌う＿うたう（唱歌）

使う＿つかう（使用）

もらう＿もらう（獲得）

行く＿いく（去）

聞く＿きく（聽）

磨く＿みがく（刷牙）

貸す＿かす（出借給人）

話す＿はなす（說話）

落とす＿おとす（掉落）

持つ＿もつ（攜帶）

勝つ＿かつ（獲勝）

死ぬ＿しぬ（死亡）

飲む＿のむ（喝）

頼む＿たのむ（拜託）

遊ぶ＿あそぶ（玩耍）

呼ぶ＿よぶ（呼叫）

● 五段動詞
（字尾：a 段音＋る）

やる＿やる（做、比賽）

終わる＿おわる（結束）

回る＿まわる（旋轉）

頑張る＿がんばる（加油）

● 五段動詞
（字尾：u 段音＋る）

作る＿つくる（做）

● 五段動詞
（字尾：o 段音＋る）

取る＿とる（取得）

● 上一段動詞
（字尾：i 段音＋る）

起きる＿おきる（起床）

飽きる＿あきる（厭煩）

見る＿みる（看見）

できる（能夠）

似る＿にる（相似）

閉じる＿とじる（關閉）

足りる＿たりる（足夠）

● 下一段動詞
（字尾：e 段音＋る）

寝る＿ねる（睡覺）

出る＿でる（出來）

食べる＿たべる（吃飯）

調べる＿しらべる（查詢）

始める＿はじめる（開始）

勝てる＿かてる（能夠獲勝）

負ける＿まける（輸）

あきらめる（放棄）

帰る＿かえる（回家）

教える＿おしえる（教導）

あげる（給予）

褒める＿ほめる（讚美）

慣れる＿なれる（習慣）

疲れる＿つかれる（疲倦）

● カ行動詞
（此類動詞只有一個）

来る-くる（來）

● サ行動詞
（字尾：する）

する（做）

勉強する＿べんきょうする（讀書）

野球する＿やきゅうする（打棒球）

予約する＿よやくする（預約）

仕事する＿しごとする（工作）

反省する＿はんせいする（反省）

改善する＿かいぜんする（改善）

自覚する＿じかくする（體認）

買い物する＿かいものする（購物）

● 副詞
（修飾動詞、い形容詞、な形容詞）

とても（非常地）

ぐっすり（熟睡地）

もっと（更加地）

びっくり（驚訝地）

けっこう（相當地）

ちょっと（稍微地）

まだ（還、仍）

スッキリ（暢快地）

ガッカリ（沮喪地）

のんびり（悠閒自在地）

● 擬態語
（模擬人事物的樣態）

ふさふさ（毛髮濃密的樣子）

べたべた（黏答答的樣子）

びしょびしょ（汗流不停的樣子）

ふさふさ（蓬鬆的樣子）

パクパク（張大嘴巴開合的樣子）

ぴかぴか（閃亮的樣子）

ぽかぽか（溫暖、暖和的樣子）

● 擬聲語
（模擬人事物的聲音）

ぐうぐう（熟睡的打鼾聲）

ぱしゃぱしゃ（輕拍的聲音）

ワンワン（狗叫聲）

ふう（呼～，鬆口氣、喘氣聲）

パタパタ（拍打的聲音，啪噠啪噠）

● い形容詞
（字尾：い）

いい（好的）

悪い＿わるい（壞的）

楽しい＿たのしい（快樂的）

おもしろい（有趣的）

短い＿みじかい（短的）

長い＿ながい（長的）

安い＿やすい（便宜的）

重い＿おもい（重的）

軽い＿かるい（輕的）

硬い＿かたい（堅硬的）

痛い＿いたい（疼痛的）

寒い＿さむい（天氣寒冷的）

暑い＿あつい（天氣炎熱的）

おいしい（好吃的）

優しい＿やさしい（溫柔的）

弱い＿よわい（柔弱的）

すごい（厲害的）

かわいい（可愛的）

あまい（甜的）

すっぱい（酸的）

しょっぱい（鹹的）

辛い＿からい（辣的）

まずい（難吃的）

高い＿たかい（高的）

むずかしい（困難的）

● な形容詞
（接名詞時，必須是：
な形容詞＋な＋名詞）

静か＿しずか（安靜的）

キレイ（美麗、漂亮）

有名＿ゆうめい（有名的）

ステキ（很棒、很美）

大事＿だいじ（重要的）

きらい（討厭）

好き＿すき（喜歡）

不思議＿ふしぎ（不可思議的）

退屈＿たいくつ（無聊的）

くたくた（精疲力盡的樣子）

フラフラ（頭昏眼花）

● 名詞

友達＿ともだち（朋友）

仲間＿なかま（夥伴）

部下＿ぶか（部屬）

妻＿つま（妻子）

妹＿いもうと（妹妹）

娘＿むすめ（女兒）

子＿こ（小朋友、孩子）

弟＿おとうと（弟弟）

息子＿むすこ（兒子）

生徒＿せいと（學生）

嫁＿よめ（媳婦）

婿＿むこ（女婿）

フリーズ（電腦當機）

陸橋＿りっきょう（天橋）

交番＿こうばん（派出所）

ホテル（旅館）

トイレ（廁所）

銀行＿ぎんこう（銀行）

郵便局＿ゆうびんきょく（郵局）

エーティーエム（自動提款機）

ガソリンスタンド（加油站）

公衆電話＿こうしゅうでんわ（公共
電話）

いい人＿いいひと（好對象）

イケメン（帥哥）

美人＿びじん（美女）

歌＿うた（歌曲、唱歌）

踊り＿おどり（跳舞）

嘘＿うそ（說謊）

顔＿かお（臉蛋）

図鑑＿ずかん（圖鑑）

単語＿たんご（單字）

辞書＿じしょ（字典）

空＿そら（天空）

空気＿くうき（空氣）

景色＿けしき（風景）

風＿かぜ（風）

冬＿ふゆ（冬天）

春＿はる（春天）

夏＿なつ（夏天）

秋＿あき（秋天）

大学生＿だいがくせい（大學生）

小学生＿しょうがくせい（小學生）

本書詞性說明

1. 五段動詞：以下 4 種都屬於「五段動詞」

(1) 字尾：u 段音（う.く.ぐ.す.ず.つ.づ.ぬ.ふ.ぶ.ぷ.む.ゆ.る）

【例】

　使う--つかう（使用）―― 字尾：u 段音 う

　行く--いく（去）―― 字尾：u 段音 く

　話す--はなす（說話）―― 字尾：u 段音 す

(2) 字尾：a 段音（あ.か.が.さ.ざ.た.だ.な.は.ば.ぱ.ま.や.ら.わ）＋る

【例】

　頑張る--がんばる（加油）―― 字尾：a 段音 ば ＋ る

　終わる--おわる（結束）―― 字尾：a 段音 わ ＋ る

(3) 字尾：u 段音（う.く.ぐ.す.ず.つ.づ.ぬ.ふ.ぶ.ぷ.む.ゆ.る）＋る

【例】

　作る--つくる（製作）―― 字尾：u 段音 く ＋ る

(4) 字尾：o 段音（お.こ.ご.そ.ぞ.と.ど.の.ほ.ぼ.ぽ.も.よ.ろ）＋る

【例】

　取る--とる（取得）―― 字尾：o 段音 と ＋ る

2. 上一段動詞

　字尾：i 段音（い.き.ぎ.し.じ.ち.に.ひ.び.ぴ.み.り）＋る

【例】

　起きる--おきる（起床）―― 字尾：i 段音 き ＋ る

　見る--みる（看見）―― 字尾：i 段音 み ＋ る

3. 下一段動詞

　字尾：e 段音（え.け.げ.せ.ぜ.て.で.ね.へ.べ.ぺ.め.れ）＋る

【例】

　寝る--ねる（睡覺）―― 字尾：e 段音 ね ＋ る

食べる--たべる（吃東西）──字尾：e段音 べ ＋ る

4. カ行動詞：来る-くる

此類動詞只有「来る」這個字

5. サ行動詞

字尾：する

【例】

勉強する--べんきょうする（讀書）──字尾：する

仕事する--しごとする（工作）──字尾：する

買い物する--かいものする（買東西）──字尾：する

6. い形容詞

字尾：い

【例】

おいしい（好吃的）／赤い--あかい（紅色的）

明るい--あかるい（明亮的）／甘い--あまい（甜的）

大きい--おおきい（大的）／小さい--ちいさい（小的）

7. な形容詞

說明：

(1) 類似「い形容詞」可用來描述事物的性質、狀態

(2) 後面接名詞時，必須是「な形容詞＋な＋名詞」

【例】

静か--しずか（安靜的）／上手--じょうず（高明的）

好き--すき（喜歡）／きれい（漂亮的）

＊注意：「きれい」的字尾是「い」，容易被誤認為「い形容詞」，
但其實是「な形容詞」。

本書特色 1

專業教師詳述「日語中隱含的情緒百態」，
語尾加上「な」或「よ」，語意不相同、情緒更道地。

具備 50 音基礎，人人能自學精通！

● パソコン買_かいたい な 。（我好想買電腦唷！）P 025

「表達自我意願」的語氣

● いっしょに遊_{あそ}ぼう よ 。（我們一起玩吧！）P 063

「確定要做…」的語氣

● とっても有名_{ゆうめい}な 曲_{きょく} だね 。（很有名的曲子，對吧？）P 034

名詞＋だね，「說自己的感想，希望對方也同意」的語氣

● 気持_{きも}ちのいい朝_{あさ} だなあ 。（好舒服的早晨啊！）P 024

名詞＋だなあ，「描述自己感想」的語氣

「實用圖表」就是「學習口訣」，
不必死背，就能輕鬆理解、靈活運用！

不必苦學文法，就能熟練會話！

❶ いっしょに＋動詞意量形＋よ

【例】いっしょに遊ぼうよ。（我們一起玩吧！）

2	1	3	
五段動詞	（字尾：ぶ）	意量形	說明
遊ぶ（遊玩）		遊ぼう	字尾ぶ的O段音ぼ＋う

4

● 順著 1 2 3 4 這樣記：

字尾：ぶ 的 五段動詞， 意量形 是 字尾ぶ的O段音 ぼ＋う
　　1　　　　　　2　　　　3　　　　　　4

● 依照上面的方法，再練習一次：

下一段動詞（字尾：e段音＋る）	た形	說明
寝る（睡覺）	寝た	字尾る 變成た

字尾：e段音＋る 的 下一段動詞， た形 是 字尾る 變成た
　　　1　　　　　　　2　　　　　3　　　4

作 者 序

本書是【日本中小學課本】的系列著作，要教讀者最簡單、卻有豐富感情的日語表達。

本書的企劃是在於如何用簡單的詞句，去表達豐富的感情內容。字數不多、簡單、有感情…是本書的特色，這些特色也是學好外語的重要因素。

全書共有 48 篇課文，每篇課文都非常簡短。我盡量讓內容生活化、有趣。課文的句子我特別打了「逗點」（、），逗點前後都可以替換其他單詞。特別說明這一點的原因，是希望讀者看書時，特別留意「逗點」，試著自己進行替換練習 —— 先不要擔心對錯的問題，一旦有表達的企圖心，語言就能越說越好、越說越正確。

我給讀者兩點建議：
第一：在我的教學裡，閱讀文字未必是最重要的，我建議先聽 MP3，「優先聽，再看文字」。
第二：學日語表達，不一定要先具備動詞變化等文法知識之後，才能做到。在這本書裡，列出很多字詞的組合方式，而且做了非常清楚的說明，只要組合兩個簡單的單詞，並根據書裡的「構句原則」，就能輕鬆完成自我練習。

常有人問我，日語得學多久才能表達流利？我覺得，重點不在於學多久、學多少，而在於你的運用能力如何。如果只有背單詞與文法，卻不知如何排列組合活用，學得再多都是白費。

透過「賞心悅目」刺激「想像力」，並提高「運用倍率」（學以致用的能力），是我們製作這本書最希望達到的目的。

從日本中小學課本學會話
目錄

從日本中小學
課本學會話

1
おはよう
早安

本文
ほんぶん

昨日、ぐっすり寝ました。朝起きて、とっても
（昨天）　　（睡得很熟）　　　　（早上起床）　　　（非常）

元気です。楽しく、活動しましょう。
（有精神）　　（開心地）　　　（活動吧）

一人の気持ち
ひとり　きも

❶「あ〜、よく寝た。」あ〜、よく＋動詞た形
啊〜睡得好舒服。

❷「気持ちのいい朝だなあ。」い形容詞＋名詞＋だなあ
好舒服的早晨啊！

❸「あさごはん食べたいな。」名詞＋動詞たい形＋な
我好想吃早餐唷。

❹「今日は何して遊ぼう。」…は＋動詞て形＋動詞意量形
今天做點什麼來玩吧！

❶ あ〜、よく＋動詞た形

自言自語的滿足語氣 —— 啊！多麼…啊！

表達語氣、情緒說明

「あ〜、よく＋動詞た形」是自言自語、覺得很滿足、滿意的語氣。即使身旁有人，也可以做這樣的自我感嘆。隨時隨地可說可用，沒有場合、對象、適用時機的限制。よく（非常）。

NG！ 不適用正式場合、以及不適合自言自語的場面

"あ〜"的語氣 感嘆語氣、「自己覺得很滿足」的口吻

【例】<u>あ〜</u>、<u>よく</u>寝^ねた。（啊〜睡得好舒服。）

說明	下一段動詞（字尾：e段音+る）	た形	說明
	寝る（睡覺）	寝た	字尾る 變成た

【例】<u>あ〜</u>、<u>よく</u>食べた^た。（啊〜吃得好飽。）

說明	下一段動詞（字尾：e段音+る）	た形	說明
	食べる（吃）	食べた	字尾る 變成た

【例】<u>あ〜</u>、<u>よく</u>やってくれた。（啊〜你（替我）做得真好。）

說明	下一段動詞（字尾：e段音+る）	た形	說明
	やってくれる（某人做的）	やってくれた	字尾る 變成た

【例】<u>あ〜</u>、<u>よく</u>勉強^{べんきょう}したなあ。（啊〜讀了好多書。）

說明	サ行動詞（字尾：する）	た形	說明
	勉強する（唸書）	勉強した	字尾する 變成した

*句尾的「なあ」是強調的語氣，上面幾句也能加上。

❷ い形容詞＋名詞＋だなあ

表達讚嘆、欣賞、感嘆 —— 多麼…啊！

表達語氣、情緒説明

「い形容詞＋名詞＋だなあ」是一種感嘆、驚歎、欣賞的語氣，屬於自言自語的陳述。適用於熟悉的朋友、平輩。如對長輩說，句尾的「だなあ」要改成「ですねえ」較恰當。だなあ（語氣詞，無義）。

| NG！ | 不適用正式場合、以及不適合自言自語的場面 |

| "だなあ" 的語氣 | 「描述自己感想」的語氣 |

【例】気持ちのいい朝だなあ。（好舒服的早晨啊！）

説明 い形容詞	名詞	補充：替換字
気持ちのいい （感覺舒服的）	朝（早晨）	気持ちの悪い - きもちのわるい （感覺不舒服的）

【例】脚の長い人だなあ。（腿好修長的人啊！）

説明 い形容詞	名詞	補充：替換字
脚の長い （雙腿修長的）	人（人）	脚の短い - あしのみじかい （腿短的）

【例】値段の安い店だなあ。（好便宜的店啊！）

説明 い形容詞	名詞	補充：替換字
値段の安い （價格便宜的）	店（店家）	値段の高い - ねだんのたかい （價格昂貴的）

【例】おいしいごはんだなあ。（真好吃的一餐啊！）

説明 い形容詞	名詞	補充：替換字
おいしい （好吃的）	ごはん （一餐飯）	不味い - まずい（不好吃的）

❸ 名詞＋動詞たい形＋な

描述自己的想法 —— 我好想做…唷！

表達語氣、情緒說明

「名詞＋動詞たい形＋な」是一種「描述自我心裡」的語氣。適用於自言自語，以及平輩或熟悉的朋友之間。屬於生活場合的休閒用語。

| NG！ | 不適用長輩、不熟的人、正式場合 |

| 動詞たい形 | 「想要、希望」的語氣 |

| "な"的語氣 | 「表達自我意願」的語氣 |

【例】あさごはん食べたい な。（我好想吃早餐唷。）

説明	下一段動詞（字尾：e段音＋る）	たい形	説明
	食べる（吃）	食べたい	去掉字尾る後＋たい

【例】ビール飲みたい な。（我好想喝啤酒唷。）

説明	五段動詞（字尾：む）	たい形	説明
	飲む（喝）	飲みたい	字尾む的i段音み＋たい

【例】公園行きたい な。（我好想去公園唷。）

説明	五段動詞（字尾：く）	たい形	説明
	行く（去）	行きたい	字尾く的i段音き＋たい

【例】パソコン買いたい な。（我好想買電腦唷。）

説明	五段動詞（字尾：う）	たい形	説明
	買う（買）	買いたい	字尾う的i段音い＋たい

❹ …は＋動詞て形＋動詞意量形

串連前後兩個想法 —— 做…再做…吧！

表達語氣、情緒說明

「…は＋動詞て形＋動詞意量形」是表達「自己打算做…再做…」的語氣。其中包含兩個前後動作，「動詞て形」是第一個動作，「動詞意量形」是第二個動作。適用於自言自語、熟悉的朋友、以及非正式的休閒場合。

| NG！ | 不適用長輩、不熟悉的人、正式場合 |

| "は"的語氣 | 「は」是「沒有意義的助詞」，前面通常會加上時間、日期、星期幾…等 |

【例】今日は何して遊ぼう。（今天做點什麼來玩吧！）

說明

名詞	助詞
今日（今天）	は（在句子裡沒有意義）

サ行動詞（字尾：する）	て形	說明
何する（做什麼）	何して	字尾する 變成して

五段動詞（字尾：ぶ）	意量形	說明
遊ぶ（遊玩）	遊ぼう	字尾ぶ的O段音ぼ＋う

【例】明日は野球して遊ぼう。（明天去打棒球吧！）

說明

名詞	助詞
明日（明天）	は（在句子裡沒有意義）

サ行動詞（字尾：する）	て形	說明
野球する（打棒球）	野球して	字尾する 變成して

五段動詞（字尾：ぶ）	意量形	說明
遊ぶ（遊玩）	遊ぼう	字尾ぶ的 O 段音ぼ＋う

【例】夜は宿題やって寝よう。（晚上做完功課就去睡覺吧！）

說明	名詞	助詞
	夜（晚上）	は（在句子裡沒有意義）

五段動詞 （字尾：a 段音＋る）	て形	說明
やる（做）	やって	字尾る 變成って

下一段動詞 （字尾：e 段音＋る）	意量形	說明
寝る（睡覺）	寝よう	去掉字尾る後＋よう

【例】日曜日はカラオケ行って歌おう。（星期天去唱 KTV 吧！）

說明	名詞	名詞	助詞
	日曜日（星期日）	カラオケ（卡拉 OK）	は（在句子裡沒有意義）

五段動詞（例外字）	て形	說明
行く（去）	行って	字尾く 變成って

五段動詞（字尾：う）	意量形	說明
歌う（唱歌）	歌おう	字尾う的 O 段音お＋う

2

雨の日は
下雨天

本文

今日は、あいにくの雨です。でも、傘があります。
（今天）　　（不幸地下起雨來）　（但是）　（有雨傘）

こうすれば、雨の日も　楽しいです。
（這樣一來）　　（下雨天也）　　（開心）

一人の気持ち

❶「今日は傘持って きて よかった。」名詞＋動詞て形＋きて＋よかった
還好我今天有帶傘來。

❷「この傘、気に入って るんだ。」名詞、動詞て形＋るんだ
我就是很喜歡這把傘。

❸「雨の日って嫌いじゃないな。」名詞＋って＋な形容詞＋じゃないな
（說到下雨天，別人或許是，但是）我並不討厭下雨天喲。

❶ 名詞＋動詞て形＋きて＋よかった

「鬆了一口氣」的語氣 ── 還好做了…

表達語氣、情緒說明

「動詞て形＋きて＋よかった」是「鬆了一口氣」的語氣。可用於自言自語，或對任何人表達。對長輩說、或用於正式場合時，句尾「よかった」要改成「よかったです」較恰當。

| NG！ | 面對長輩或正式場合時，句尾要變成「よかったです」

【例】今日は傘持ってきてよかった。（還好我今天有帶傘來。）

說明	名詞	名詞	助詞
	今日（今天）	傘（雨傘）	は（在句子裡沒有意義）

五段動詞（字尾：つ）	て形	說明
持つ（帶著）	持って	字尾つ 變成って

【例】今日はお金持ってきてよかった。（還好我今天有帶錢來。）

說明	名詞	名詞	助詞
	今日（今天）	お金（金錢）	は（在句子裡沒有意義）

五段動詞（字尾：つ）	て形	說明
持つ（帶著）	持って	字尾つ 變成って

【例】きのうは買い物行ってきてよかった。
　　　（還好我昨天有去買東西回來。）

說明	名詞	名詞	助詞
	きのう（昨天）	買い物（買東西）	は（在句子裡沒有意義）

五段動詞（例外字）	て形	說明
行く（去）	行って	字尾く 變成って

❷ 名詞、動詞て形＋るんだ

「表達自我意識」的語氣 ── 我就是覺得⋯

表達語氣、情緒說明

「名詞、動詞て形＋るんだ」是「表達個人主觀意識、情緒、想法」的語氣。適用於平輩、晚輩。如對長輩說，句尾的「るんだ」要改成「るんです」較恰當。

| NG！ | 不需要表達自我意識時，則不適用 |

| "るんだ"的語氣 | 「想對別人說明自己的狀況、想法」的口吻 |

【例】この傘、気に入ってるんだ。（我就是很喜歡這把傘。）

【例】このデザイン、気に入ってるんだ。（我就是很喜歡這款設計。）

說明	五段動詞（例外字）	て形	說明
	気に入る（喜歡）	気に入って	字尾る 變成って

*入る-いる是例外字，字尾是「i 段音＋る」的「上一段動詞」結構，但是必須依照「五段動詞」的原則做字尾變化。

【例】この服、流行ってるんだ。（這件衣服可是很流行的。）

說明	五段動詞（字尾：a 段音＋る）	て形	說明
	流行る（流行）	流行って	字尾る 變成って

【例】あの人、愛してるんだ。（我就是愛那個人。）

說明	サ行動詞（字尾：する）	て形	說明
	愛する	愛して	字尾する 變成して

❸ 名詞＋って＋な形容詞＋じゃないな

別人或許如此，但是我並不…

表達語氣、情緒說明

「名詞＋って＋な形容詞＋じゃないな」是「別人或許是…，但我未必如此」的語氣。適用於平輩、晚輩，以及一般的生活場合對話。如對長輩說，句尾的「じゃないな」要改成「じゃないんです」較恰當。

NG！ 不適用正式場合　"って"的語氣　前面的「名詞」通常是非常熟悉、不需要再解釋的人事物，語氣類似中文的「說到…」

【例】 雨の日って嫌いじゃないな。
（說到下雨天，別人或許是，但是我並不討厭下雨天喲。）

說明	名詞	な形容詞
	雨の日（下雨天）	嫌い（討厭、厭惡）

【例】 優しい男って嫌いじゃないな。
（說到溫柔的男生，別人或許是，但是我並不討厭溫和的男生喲。）

說明	名詞	な形容詞
	優しい男（溫和的男生）	嫌い（討厭、厭惡）

【例】 数学って好きじゃないな。
（說到數學，別人或許是，但是我並不喜歡數學喲。）

說明	名詞	な形容詞
	数学（數學）	好き（喜歡）

【例】 習字って得意じゃないな。
（說到寫字漂亮，別人或許是，但是我的字寫得並不漂亮喲。）

說明	名詞	な形容詞
	習字（練字）	得意（擅長、拿手）

3

うっとり

音樂好好聽～

ほんぶん
本文

おんがく　　　　　　　き　　　　　　　　　　　　　やさ　　ね いろ　　　　　　　き も
音楽を、聴いています。優しい音色、いい気持ち。
（正在聽音樂）　　　　　　　（柔和的音色）　　　　（好舒服）

おも　　　　　　　　め
思わず、目をつぶって　うっとり。
（不自覺）　　　（閉上眼睛）　　　（非常入迷）

ひとり　　き も
一人の気持ち

❶「この 曲 大好き。」名詞＋大好き／大嫌い
きょくだいす

　我好喜歡這首歌。

❷「とってもキレイな音色だね。」とっても＋な形容詞＋な＋名詞＋だね
ね いろ

　多美的音色啊，對吧？

❸「なんど聞いても飽きない。」なんど＋動詞ても形＋動詞否定形ない
き　　　　あ

　即使聽了好幾次，也百聽不厭。

❶ 名詞＋大好き／大嫌い

表達喜好的語氣 ── 我好喜歡…／我好討厭…

表達語氣、情緒說明

「名詞＋大好き／大嫌い」是「表達個人喜好」的語氣。適合對任何人說，尤其是非常熟悉的人。屬於休閒場合的生活用語。大好き（非常喜歡），大嫌い（非常討厭）。

| NG！ | 沒有不適用的場合、對象 |

【例】この 曲 大好き。（我好喜歡這首歌。）

說明	連體詞（後面＋名詞）	名詞	補充：替換字
	この（這…）	曲（曲子）	この本 - このほん（這本書）

【例】この 料理大好き。（我好喜歡這道菜。）

說明	連體詞（後面＋名詞）	名詞	補充：替換字
	この（這…）	料理（菜餚）	この漫画 - このまんが（這本漫畫）

【例】あの人大好き。（我好喜歡那個人。）

說明	連體詞（後面＋名詞）	名詞	補充：替換字
	あの（那…）	人（人）	あの歌手 - あのかしゅ（那位歌手）

【例】あの先生大嫌い。（我好討厭那個老師。）

說明	連體詞（後面＋名詞）	名詞	補充：替換字
	あの（那…）	先生（老師）	あの医者 - あのいしゃ（那位醫生）

❷ とっても＋な形容詞＋な＋名詞＋だね

「我覺得⋯，你也同意吧？」的語氣

表達語氣、情緒說明

「とっても＋な形容詞＋な＋名詞＋だね」是「表達自己的想法，並希望對方同意」的語氣。適用於平輩、晚輩、好朋友，以及非正式的休閒場合。如對長輩說，句尾的「だね」要改成「ですね」較恰當。とっても（非常）。

NG！	不適用正式場合、商務會議
"だね" 的語氣	「說自己的感想，希望對方也同意」的語氣

【例】とってもキレイな音色（ねいろ）だね。（多美的音色啊，對吧？）

說明	な形容詞	名詞	な形容詞＋な＋名詞
	キレイ（美麗、漂亮）	音色（音色）	キレイな音色

【例】とっても有名（ゆうめい）な 曲（きょく）だね。（很有名的曲子，對吧？）

說明	な形容詞	名詞	な形容詞＋な＋名詞
	有名（有名的）	曲（曲子）	有名な曲

【例】とってもステキな服（ふく）だね。（多美的衣服啊，對吧？）

說明	な形容詞	名詞	な形容詞＋な＋名詞
	ステキ（很棒、很美）	服（衣服）	ステキな服

【例】とっても大事（だいじ）な仕事（しごと）だね。（是很重要的工作，對吧？）

說明	な形容詞	名詞	な形容詞＋な＋名詞
	大事（重要的）	仕事（工作）	大事な仕事

❸ なんど＋動詞ても形＋動詞否定形ない

肯定的語氣與心情 —— 即使好幾次…，也不…

表達語氣、情緒說明

「**なんど＋動詞ても形＋動詞否定形ない**」是一種肯定、斷定的語氣，也可以是自言自語，陳述自己「**即使經過好幾次…，也不…**」的心情。沒有不適用的對象與場合。なんど（好幾次），動詞ても形（即使…也…）。

【例】なんど聞_きいても飽_あきない。（即使聽了好幾次，也不膩。）

說明	五段動詞（字尾：く）	ても形	說明
	聞く（聽）	聞いても	字尾く 變成い＋ても

說明	上一段動詞 （字尾：i 段音＋る）	否定形ない	說明
	飽きる（厭煩）	飽きない	字尾る 變成ない

【例】なんどやっても勝_かてない。（即使比賽好幾次，也贏不了。）

說明	五段動詞 （字尾：a 段音＋る）	ても形	說明
	やる（做、比賽）	やっても	字尾る 變成っ＋ても

說明	下一段動詞 （字尾：e 段音＋る）	否定形ない	說明
	勝てる（能夠獲勝）	勝てない	字尾る 變成ない

【例】なんど負_まけてもあきらめない。（即使輸很多次，也不放棄。）

說明	下一段動詞 （字尾：e 段音＋る）	ても形	說明
	負ける（輸）	負けても	字尾る 變成ても

說明	下一段動詞 （字尾：e 段音＋る）	否定形ない	說明
	あきらめる（放棄）	あきらめない	字尾る 變成ない

4
ないしょ
這是祕密，不告訴你！

ほんぶん
本文

かのじょ　　　　なに　し
彼女は、何か知っている　みたい。
（她）　　　　（知道某些事情）　　　（好像）

でも、ないしょ。誰にも、言いたくないです。
（但是）　（那是祕密）　（不管對誰）　　（都不想說）

ひとり　きも
一人の気持ち

❶「べー。あんたには教えない よ。」　べー。あんたには＋動詞否定形
　　　　　　　　　おし　　　　　　　　　　　　　　ない＋よ
不要，我才不告訴你呢！

❷「あんた、口が軽いでしょ？」　あんた、＋負面說法＋でしょ？
　　　　　くち　かる
你是大嘴巴，不是嗎？

❸「内緒だから誰にも言わない。」　名詞＋だから＋…にも＋動詞否定
　ないしょ　　だれ　　い　　　　　　　形ない
因為是祕密，所以誰都不說。

❶ ベー。あんたには＋動詞否定形ない＋よ

朋友間玩笑要說「不」的語氣 ——
不要，我才不要…呢！

表達語氣、情緒說明

「ベー。あんたには＋動詞否定形ない＋よ」是開玩笑似的、假裝跟朋友翻臉的語氣。只是開玩笑，並非是真的說「不」。適用於熟識的朋友。
「あんた」是「あなた」（你）的口語說法，日劇中經常會聽到。

NG！ 不適用正式場合、不熟的人

"ベー"的語氣 跟好朋友開玩笑、假裝翻臉說「不」的語氣

"よ"的語氣 「肯定、斷定」的語氣

【例】ベー。あんたには教(おし)えない よ。(不要，我才不告訴你呢！)

說明	下一段動詞 （字尾：e段音＋る）	否定形ない	說明
	教える（告訴、教導）	教えない	字尾る 變成ない

【例】ベー。あんたにはあげない よ。(不要，我才不給你呢！)

說明	下一段動詞 （字尾：e段音＋る）	否定形ない	說明
	あげる（給予）	あげない	字尾る 變成ない

【例】ベー。あんたには見(み)せない よ。(不要，我才不讓你看呢！)

說明	下一段動詞 （字尾：e段音＋る）	否定形ない	說明
	見せる（讓某人看）	見せない	字尾る 變成ない

【例】ベー。あんたには貸(か)さない よ。(不要，我才不借你呢！)

說明	五段動詞（字尾：す）	否定形ない	說明
	貸す（出借給人）	貸さない	字尾す的a段音さ＋ない

❷ あんた、＋負面說法＋でしょ？

對熟悉朋友吐槽的語氣 ── 你不是…嗎？

表達語氣、情緒說明

「あんた、＋負面說法＋でしょ？」是一種「好朋友間互相吐槽」的語氣。屬於
非正式場合的輕鬆對話，適用於交情深厚、能夠互相開玩
笑的好朋友。「あんた」（你）是「あなた」的口語說
法。

NG！ 不適用正式場合、不能隨便開玩笑的朋友

"でしょ"的語氣 「不是嗎？」的口吻

【例】あんた、口が軽いでしょ？（你是大嘴巴，不是嗎？）

說明	名詞	い形容詞	說明
	口（嘴巴）	軽い（輕、口風不緊）	が（助詞，無義）

【例】あんた、口が悪いでしょ？（你說話很毒，不是嗎？）

說明	名詞	い形容詞	說明
	口（嘴巴）	悪い（壞、惡毒）	が（助詞，無義）

【例】あんた、体が弱いでしょ？（你身體虛弱，不是嗎？）

說明	名詞	い形容詞	說明
	体（身體）	弱い（虛弱）	が（助詞，無義）

【例】あの人、顔がいいでしょ？（那個人長得很好看，不是嗎？）

說明	名詞	い形容詞	名詞
	顔（臉蛋）	いい（姣好的）	あの人（那個人）

*如果不是「負面說法」，「…でしょ」就只是單純的問句「是…，不是嗎」，沒有吐槽的
意思。

❸ 名詞＋だから＋…にも＋動詞否定形ない

「因為…，所以都不…」的語氣

表達語氣、情緒說明

「名詞＋だから＋…にも＋動詞否定形ない」是一種「因為…所以都不…」的斷定語氣。適用對象廣泛，任何人都可以，使用時機也沒有限制。如果對長輩說，句尾改成「ません」較恰當。

"…にも" 的語氣　「…にも」是「對…都…」的語氣。
例如：誰にも（不論對誰都…）、なんにも（不論什麼都…）

【例】内緒（ないしょ）だから誰（だれ）にも言（い）わない。（因為是祕密，所以誰都不說。）

說明	五段動詞（字尾：う）	否定形ない	說明
	言う（說）	言わない	字尾う的 a 段音わ＋ない

【例】休（やす）みだからなんにもしない。（因為是休假，所以什麼事都不做。）

說明	サ行動詞（字尾：する）	否定形ない	說明
	する（做）	しない	字尾する 變成しない

【例】バカだからなんにも知（し）らない。（因為是笨蛋，才什麼都不知道。）

說明	五段動詞（例外字）	否定形ない	說明
	知る（知道）	知らない	字尾る的 a 段音ら＋ない

*知る - しる是例外字：字尾是「i 段音＋る」的「上一段動詞」結構，但是必須以「五段動詞」的原則做字尾變化。

【例】友達（ともだち）だからなんにも隠（かく）さない。（因為是朋友，才什麼都不隱瞞。）

說明	五段動詞（字尾：す）	否定形ない	說明
	隠す（隱瞞）	隠さない	字尾す的 a 段音さ＋ない

5
公園で
在公園玩

本文

学校から、帰ってきました。友達と、遊びます。
（從學校）　（回來了）　（和朋友）　（遊玩）

そうだ、バドミントンをしましょう。
（對了！）　　　　（來打羽毛球吧）

二人の会話

❶「行くよ～！」…、行く＋よ
注意喲，我要發球囉！

❷「さあ、来い！」さあ、＋動詞命令形
快！放馬過來吧！

❸「バドミントンって楽しいね。」名詞＋って＋い形容詞＋ね
打羽毛球啊，好開心，對吧！

❶ …、行<ruby>行<rt>い</rt></ruby>く＋よ

「情緒很 high」的提醒 ──
注意喲，要開始做…囉！

表達語氣、情緒說明

「…、行く＋よ」是一種情緒很 high 的語氣，通常是在實際行動前，用來提醒對方「接下來要開始做…囉」。適用於平輩、晚輩，以及輕鬆的
休閒場合。行く（去、進行）。

| NG！ | 不適用長輩、正式場合 |

| "よ"的語氣 | 「提醒對方注意」的口吻 |

【例】<ruby>行<rt>い</rt></ruby>くよ～！（注意喲，我要發球囉！）

說明	五段動詞（字尾：く）	補充：相反字
	行く - いく（去）	来る - くる（來）

【例】<ruby>次<rt>つぎ</rt></ruby>の <ruby>曲<rt>きょく</rt></ruby>、<ruby>行<rt>い</rt></ruby>くよ～！（注意喲，下一首歌曲要開始囉！）

*現場演唱時，歌手時常說這句話。

說明	名詞	補充：相關字
	次の（下一個的…）	次の人 - つぎのひと（下一位）

【例】<ruby>次<rt>つぎ</rt></ruby>の<ruby>問題<rt>もんだい</rt></ruby>、<ruby>行<rt>い</rt></ruby>くよ～！（注意喲，要進入下一個問題囉！）

說明	名詞	補充：相關字
	次の（下一個的…）	次の日 - つぎのひ（接下來的那一天）

❷ さあ、＋動詞命令形

催促、要求對方 —— 快吧！快做…吧！

表達語氣、情緒說明

「さあ、＋動詞命令形」是「催促、要求對方快做…」的語氣。只適用於平輩、晚輩，對長輩說話不宜使用。

| NG！ | 不適用長輩、正式場合 |

| "さあ"的語氣 | 「催促對方快吧！」的口吻 |

【例】さあ、来(こ)い！（快！放馬過來吧！）

說明	カ行動詞（原形）	命令形	說明
	来る - くる（來）	来い - こい	*「来る」是個特殊、而且非常重要的字，各種「形」都要熟背。

【例】さあ、行(い)け！（快！去吧！）

說明	五段動詞（字尾：く）	命令形	說明
	行く（去）	行け	字尾く 變成 e 段音け

【例】さあ、始(はじ)め！（快！開始吧！）

說明	下一段動詞 （字尾：e 段音＋る）	命令形	說明
	始める（開始）	始め	去掉字尾る
	始める（開始）	始めろ	字尾る 變成ろ

*「始める」的命令形有兩種說法，其中「始め」較常用，因為命令語氣是「越短越有力道」。
*此句的「始め」也可說是「名詞」，當成名詞的命令用法。但並非每個動詞都如此，此屬例外。

❸ 名詞＋って＋い形容詞＋ね

「…，我是這麼想的，你也同意吧」的語氣

表達語氣、情緒說明

「名詞＋って＋い形容詞＋ね」是「表達自己對某件事的感覺，並希望對方也同意」的語氣。適用於平輩、晚輩、以及熟人。如果是對長輩，句尾的「ね」要改為「ですね」比較恰當。

NG！　不適用長輩、不認識的人

"って"的語氣　「說到…這個東西」的意思

"ね"的語氣　「希望你也同意」的口吻

【例】バドミントンって楽_{たの}しいね。（打羽毛球啊，好開心，對吧！）

說明	名詞	い形容詞
	バドミントン（羽毛球）	楽しい（愉快、開心）

【例】バドミントンっておもしろいね。（羽毛球啊，很好玩，對吧！）

說明	名詞	い形容詞
	バドミントン（羽毛球）	おもしろい（有趣、好玩）

【例】あの人_{ひと}ってカッコいいね。（那個人啊，真帥！對吧！）

說明	名詞	い形容詞
	あの人（那個人）	カッコいい（帥氣）

【例】ストリート・マジックってすごいね。
　　　（街頭魔術啊，好厲害喔，對吧！）

說明	名詞	い形容詞
	ストリート・マジック（街頭魔術）	すごい（高明、厲害）

6
・ どいて、どいて ・
讓開！讓開！

本文
<ruby>本文<rt>ほんぶん</rt></ruby>

<ruby>彼女<rt>かのじょ</rt></ruby>は、<ruby>学校<rt>がっこう</rt></ruby>の<ruby>図書<rt>としょ</rt></ruby><ruby>係<rt>がかり</rt></ruby>。たくさん<ruby>積<rt>つ</rt></ruby>んで、
　（她是）　　　（學校的圖書館館員）　　　　（疊了很多）

<ruby>運<rt>はこ</rt></ruby>んでいます。でも、だいじょうぶでしょうか。
　（正搬運著）　　　（不過）　　　　　（沒問題嗎？）

一人の気持ち
<ruby>一人<rt>ひとり</rt></ruby>の<ruby>気持<rt>きも</rt></ruby>ち

❶「わあ、<ruby>前<rt>まえ</rt></ruby>が<ruby>見<rt>み</rt></ruby>えないよ。」わあ、名詞＋が＋動詞否定形ない＋よ

　哇！前面都看不到啊！

❷「<ruby>重<rt>おも</rt></ruby>いよ～<ruby>持<rt>も</rt></ruby>ちきれない。」い形容詞＋よ～動詞否定形ない

　好重喔～拿不動了！

❸「おっとっと。<ruby>崩<rt>くず</rt></ruby>れたら たいへん。」おっとっと。動詞たら形＋た

　嗚嗚嗚…萬一倒了就麻煩了。　　　　　　　　　　　　　　　いへん

❶ わあ、名詞＋が＋動詞否定形ない＋よ

「哇！我沒辦法做…」的驚呼語氣

表達語氣、情緒說明

「わあ、名詞＋が＋動詞否定形ない＋よ」是「發出驚呼、認為自己沒辦法做…」的語氣，是一種自己對自己說的自言自語。

| NG！ | 適用於描述自己面臨的狀況，不是描述別人的狀況 |

| "わあ" 的語氣 | 「驚訝」的口氣 |

| "よ" 的語氣 | 「自己陳述感想」的口氣 |

【例】わあ、前が見えないよ。（哇！前面都看不到啊！）

說明	下一段動詞 （字尾：e 段音＋る）	否定形ない	說明
	見える（看得見）	見えない	字尾る 變成ない

【例】わあ、問題が解けないよ。（哇！題目答不出來啊！）

說明	下一段動詞 （字尾：e 段音＋る）	否定形ない	說明
	解ける(解答、解開)	解けない	字尾る 變成ない

【例】わあ、トイレが見つからないよ。（哇！找不到廁所啊！）

說明	五段動詞 （字尾：a 段音＋る）	否定形ない	說明
	見つかる（找到）	見つからない	字尾る的a段音ら＋ない

【例】わあ、バスが来ないよ。（哇！公車都不來啊！）

說明	カ行動詞（来る）	否定形ない	說明
	来る-くる（來）	来ない-こない	*「来る」是個特殊、而且非常重 要的字，各種「形」都要熟背。

❷ い形容詞＋よ～動詞否定形ない

「我覺得…，根本無法…」的語氣

表達語氣、情緒說明

「い形容詞＋よ～＋動詞否定形ない」是描述「自己有某種感受，而無法…」的語氣。也是一種自己對自己說的自言自語。

NG！　適用於描述自己面臨的狀況，不是描述別人的狀況

"よ"的語氣　陳述自己的感想，並含有藉此提醒別人的語氣

【例】重いよ～持ちきれない。（好重喔～我拿不動了！）

說明	下一段動詞 （字尾：e段音＋る）	否定形ない	說明
	持ちきれる （能夠全部拿著）	持ちきれない	字尾る　變成ない

【例】痛いよ～がまんできない。（好痛喔～我受不了！）

說明	上一段動詞 （字尾：i段音＋る）	否定形ない	說明
	がまんできる （能夠忍受）	がまんできない	字尾る　變成ない

【例】眠いよ～起きていられない。（好睏喔～我無法保持清醒！）

說明	下一段動詞 （字尾：e段音＋る）	否定形ない	說明
	起きていられる （能夠醒著）	起きていられない	字尾る　變成ない

【例】暑いよ～寝られない。（好熱喔～我睡不著！）

說明	下一段動詞 （字尾：e段音＋る）	否定形ない	說明
	寝られる（能睡著）	寝られない	字尾る　變成ない

❸ おっとっと。動詞たら形＋たいへん

嘔嘔嘔…「萬一…可就麻煩了」的語氣

表達語氣、情緒說明

「おっとっと。動詞たら形＋たいへん」是處於站不穩、或東西拿不穩的情況，心裡所想的「萬一…，就糟糕了」的語氣。是自己描述自己心情的自言自語，不能用於描述別人的狀況。おっとっと（站不穩、拿不穩時所發出的聲音），たいへん（麻煩了、糟糕了）。

| NG！ | 適用於描述自己所想、所感受的狀況，不是描述別人的 |

| "おっとっと" 的語氣 | 站不穩、東西拿不穩時發出的聲音 |

【例】おっとっと。崩（くず）れたら たいへん。（嘔嘔嘔…萬一倒了就麻煩了。）

說明	下一段動詞 （字尾：e段音＋る）	たら形	說明
	崩れる（倒塌）	崩れたら	字尾る 變成たら

【例】おっとっと。転（ころ）んだら たいへん。（嘔嘔嘔…萬一跌倒就麻煩了。）

說明	五段動詞（字尾：ぶ）	たら形	說明
	転ぶ（跌倒）	転んだら	字尾ぶ 變成ん＋だら

【例】おっとっと。落（お）としたら たいへん。（嘔嘔嘔…萬一掉了就麻煩了。）

說明	五段動詞（字尾：す）	たら形	說明
	落とす （使某物掉落在地上）	落としたら	字尾す的i段音し＋たら

【例】おっとっと。壊（こわ）したら たいへん。（嘔嘔嘔…萬一弄壞就麻煩了。）

說明	五段動詞（字尾：す）	たら形	說明
	壊す（弄壞、搞壞）	壊したら	字尾す的i段音し＋たら

7

おいしい？

好吃嗎？

本文
ほんぶん

今日のおかずは、焼き魚です。簡単だけど、
きょう　　　　　　　　　や　ざかな　　　　　　かんたん
（今天的配菜）　　　　（是烤魚）　　　　　　（雖然簡單）

むずかしい。おいしく、できたでしょうか？
（很難做）　　　　　　　（會做得好吃嗎）

一人の気持ち
ひとり　　きも

❶「魚 が焼けた。」名詞＋が＋動詞た形
　　さかな　や
魚烤好了。

❷「おいしそうにできたわ。」（女用語）い形容詞＋そうに＋動詞＋わ
（女用語）好像烹調得很好吃的樣子。

❸「おいしそうにできたぞ。」（男用語）い形容詞＋そうに＋動詞＋ぞ
（男用語）好像烹調得蠻好吃的。

❹「味は どうかな？」名詞＋は＋どうかな？
　　あじ
不知道味道如何？

❶ 名詞＋が＋動詞た形

說明實況的語氣 ── …完成了、…實現了

表達語氣、情緒說明

「名詞＋が＋動詞た形」是說明「某種情況實現了、某種結果出現了」的語氣。
適用於平輩、晚輩，以及沒有特殊目的，只是一般的自言自語。
適用於非正式的休閒場合。

| NG！ | 不適用長輩、正式場合 |

| "動詞た形"的語氣 | 完成了、做了… |

【例】 魚（さかな）が焼（や）けた。（魚烤好了。）

說明	下一段動詞 （字尾：e 段音＋る）	た形	說明
	焼ける（烤）	焼けた	字尾る 變成た

【例】 料理（りょうり）ができた。（菜烹調好了。）

說明	上一段動詞 （字尾：i 段音＋る）	た形	說明
	できる（完成）	できた	字尾る 變成た

【例】 仕事（しごと）が終（お）わった。（工作結束了。）

說明	五段動詞 （字尾：a 段音＋る）	た形	說明
	終わる（結束）	終わった	字尾る 變成った

【例】 友達（ともだち）が来（き）た。（朋友來了。）

說明	カ行動詞（来る）	た形	說明
	来る - くる（來）	来た - きた	*「来る」的各種「形」都是沒有 　規則的特殊變化，都要熟背。

❷ （女用語）い形容詞＋そうに＋動詞＋わ

「看起來好像很…」的語氣

表達語氣、情緒說明

「い形容詞＋そうに＋動詞＋わ」是女生用語，用來表達「看起來似乎是…」的個人感想。適用於平輩、晚輩、以及自言自語。…そうに（似乎是、好像是）。

| NG！ | 不適用長輩、正式場合 | "わ" 的語氣 | 「女生表達感想」的口吻 |

【例】おいし**そうに**できた**わ**。（好像烹調得很好吃的樣子。）

說明	い形容詞	い形容詞＋そうに	說明
	おいしい（好吃）	おいしそうに	字尾去掉い後＋そうに

	上一段動詞 （字尾：i 段音＋る）	た形	說明
	できる（完成）	できた	字尾る 變成た

【例】楽し**そうに**遊んでる**わ**。（好像正玩得很愉快的樣子。）

說明	い形容詞	い形容詞＋そうに	說明
	楽しい（愉快）	楽しそうに	字尾去掉い後＋そうに

	五段動詞（字尾：ぶ）	てる形	說明
	遊ぶ（遊玩）	遊んでる	字尾ぶ 變成ん＋でる

＊「遊ぶ」這種「字尾ぶ」的五段動詞，「て形」是「遊んで」，「てる形」是「遊んでる」。
＊「遊んでる」（正在玩）是口語說法，寫文章要用「遊んでいる」。

【例】高**そうに**見える**わ**。（看起來好像很貴的樣子。）

＊「わ」前面可以接動詞原形、た形、てる形。

說明	い形容詞	い形容詞＋そうに	說明
	高い（昂貴）	高そうに	字尾去掉い後＋そうに

	下一段動詞（字尾：e 段音＋る）		原形
	見える（看起來）		見える

❸ （男用語）い形容詞＋そうに＋動詞＋ぞ

「看起來好像很…」的語氣

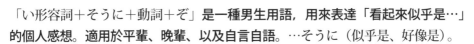

表達語氣、情緒說明

「い形容詞＋そうに＋動詞＋ぞ」是一種男生用語，用來表達「看起來似乎是…」的個人感想。適用於平輩、晚輩、以及自言自語。…そうに（似乎是、好像是）。

| NG！ | 不適用長輩、正式場合 | "ぞ"的語氣 | 男生用的斷定語氣 |

【例】おいし<u>そうに</u>できた<u>ぞ</u>。（好像烹調得蠻好吃的。）

説明	い形容詞	い形容詞＋そうに	説明
	おいしい （好吃、美味）	おいしそうに	字尾去掉い後＋そうに

	上一段動詞 （字尾：i段音＋る）	た形	説明
	できる（完成）	できた	字尾る 變成た

【例】おいし<u>そうに</u>食^たべてる<u>ぞ</u>。（好像吃得津津有味的樣子。）

説明	い形容詞	い形容詞＋そうに	説明
	おいしい （好吃、美味）	おいしそうに	字尾去掉い後＋そうに

	下一段動詞 （字尾：e段音＋る）	てる形	説明
	食べる（吃）	食べてる	字尾る 變成てる

＊「食べる」的「て形」是「食べて」，「てる形」是「食べてる」。
＊「食べてる」（正在吃著）是口語說法，寫文章要用「食べている」。

【例】<u>重^{おも}そうに</u>持^もってる<u>ぞ</u>。（好像提的很重的樣子。）

説明	い形容詞	い形容詞＋そうに	説明
	重い（重、沉重）	重そうに	字尾去掉い後＋そうに

	五段動詞（字尾：つ）	てる形	説明
	持つ（遊玩）	持ってる	字尾つ 變成ってる

＊「持つ」的「て形」是「持って」，「てる形」是「持ってる」。
＊「持ってる」（正拿著）是口語說法，寫文章要用「持っている」。

❹ 名詞＋は＋どうかな？

有懷疑、又有期待的語氣 —— 不知道⋯會如何？

表達語氣、情緒說明

「名詞＋は＋どうかな？」是一種充滿「懷疑與期待兼具」的語氣。可以自己對自己說的話，也可以說給別人聽。使用範圍也相當廣泛。どうかな（會如何呢）。

NG！ 沒有不適用的時機或對象

"かな"的語氣 「有所懷疑、又有所期待」的口吻

【例】味は どうかな？（不知道味道如何？）

說明	名詞	補充：替換字
	味（味道）	天気 - てんき（天氣）／具合 - ぐあい（狀況）

【例】値段は どうかな？（不知道價格多少？）

說明	名詞	補充：替換字
	値段（價格）	売り上げ - うりあげ（營業額）

【例】性能は どうかな？（不知道性能如何？）

說明	名詞	補充：替換字
	性能（性能）	品質 - ひんしつ（品質）／結果 - けっか（結果）

【例】仕事は どうかな？（不知道工作如何？）

說明	名詞	補充：替換字
	仕事（工作）	面接の結果 - めんせつのけっか（面試結果）

8
ぞうさん
大象先生

本文
(ほんぶん)

動物園に行きました。　一番大きい動物は、象。
(どうぶつえん)(い)　　　　　　（いちばんおお）（どうぶつ）　　（ぞう）
（去到了動物園）　　　　（體積最大的動物是）　　　（大象）

みんな、びっくりしています。
（大家）　　　　　（都覺得很驚奇）

一人の気持ち
(ひとり)(きも)

❶ 「わあ、大き〜い！」 わあ、＋い形容詞（倒數第二字拉長發音）
　　　　（おお）
　哇！好大喔。

❷ 「見て見て、鼻で花を持ってる よ。」 見て見て、名詞＋で＋動詞て
　　（み）（み）（はな）（はな）（も）　　　　　　　る形＋よ
　你看你看！用鼻子拿著花耶。

❸ 「鼻がぶらぶらしてる。」 名詞＋が＋擬態語＋してる
　　（はな）
　鼻子盪來盪去的。

❶ わあ、＋い形容詞（倒數第二字拉長發音）

驚訝而開心的語氣 —— 哇！好…喔！

表達語氣、情緒說明

「わあ、い形容詞～！」是一種充滿「驚訝、開心、讚嘆」的語氣。適用於自己對自己說話，也可以說給別人聽。適用於平輩、晚輩，以及生活中的休閒場合。「わあ」是語氣詞，類似中文的「哇！」。

| "わあ" 的語氣 | 「驚訝、高興」的語氣 |

| "～い" (倒數第二字拉長發音) 的語氣 | 「驚訝、讚嘆」的語氣 |

【例】わあ、<ruby>大<rt>おお</rt></ruby>き～い！（哇！好大喔。）

說明	い形容詞	補充：其他い形容詞
	大きい（大的）	長い - ながい（長的）／すばらしい（非常棒的）

【例】わあ、<ruby>小<rt>ちい</rt></ruby>さ～い！（哇！好小喔。）

說明	い形容詞	補充：其他い形容詞
	小さい（小的）	短い - みじかい（短的）／新しい - あたらしい（新的）

【例】わあ、<ruby>可愛<rt>かわい</rt></ruby>～い！（哇！好可愛喔。）

說明	い形容詞	補充：其他い形容詞
	可愛い（可愛）	かっこいい（帥氣的）／若い - わかい（年輕的）

【例】わあ、<ruby>面白<rt>おもしろ</rt></ruby>～い！（哇！好好玩喔。）

說明	い形容詞	補充：其他い形容詞
	面白い（有趣的）	速い - はやい（快速的）／安い - やすい（便宜的）

❷ 見て見て、名詞＋で＋動詞てる形＋よ

興奮地催促、提醒 —— 你看你看，正在做…唷

表達語氣、情緒說明

「見て見て、名詞＋で＋動詞てる形＋よ」是用很興奮的語氣，「提醒、催促對方趕緊看自己所注意到的事情」。適用於平輩、晚輩，以及輕鬆的休閒場合。見て見て（你看你看）。

| NG！ | 不適用長輩、正式場合 | “よ”的語氣 | 「提醒對方」的語氣 |

| “見て見て”的語氣 | 「很高興的催促、提醒對方」的語氣 |

| “名詞＋で”的語氣 | 「利用某種工具」的意思 |

【例】見て見て、鼻で花を持ってるよ。(你看你看！用鼻子拿著花耶。)
*大象（ぞう）的動作

說明	五段動詞（字尾：つ）	て形	說明
	持つ（拿）	持って	字尾つ 變成っ＋て

【例】見て見て、手で竹を食べてるよ。(你看你看！用手拿著竹子吃耶。)
*貓熊（パンダ）的動作

說明	下一段動詞（字尾：e段音＋る）	て形	說明
	食べる（吃）	食べて	字尾る 變成て

【例】見て見て、手でバナナ剥いてるよ。(你看你看！用手剝著香蕉皮耶。)
*大猩猩（ゴリラ）的動作

說明	五段動詞（字尾：く）	て形	說明
	剥く（剝）	剥いて	字尾く 變成い＋て

❸ 名詞＋が＋擬態語＋してる

用「擬人化」的語氣，表達對某一事物的感情

表達語氣、情緒說明

「名詞＋が＋擬態語＋してる」是「擬人化」的語氣，刻意用「擬態語」精確描述某一動作。語氣中包含「好可愛、好喜歡」的感覺。可以是自言自語的感想，也可以說給別人聽。適用於非正式的休閒場合。此處的「してる」表示「狀態」，是口語說法，文章中要用「している」。

NG！ 不適用正式場合

什麼是"擬態語" 日文裡專門用來「描述某種樣態」的詞彙

【例】 鼻（はな）がぶらぶらしてる。 （鼻子盪來盪去的。）
*大象（ぞう）的動作

說明 擬態語	說明
ぶらぶら（擺動、晃來晃去的樣子）	*「してる」是「する」的「て形」，表示「狀態」。

【例】 耳（みみ）がパタパタしてる。 （耳朵啪搭啪搭地拍打著。）
*大象（ぞう）的動作

說明 擬態語	說明
パタパタ （持續輕拍的樣子）	*「してる」是「する」的「て形」，表示「狀態」。

【例】 顔（かお）がふさふさしてる。 （臉上的毛長得又濃又長。）
*公獅子（オスライオン）的動作

說明 擬態語	說明
ふさふさ （毛髮濃密厚重的樣子）	*「してる」是「する」的「て形」，表示「狀態」。

【例】 口（くち）がパクパクしてる。 （嘴巴正持續一開一合著。）
*魚（さかな）的動作

說明 擬態語	說明
パクパク（嘴巴重覆一開一合的樣子）	*「してる」是「する」的「て形」，表示「狀態」。

9

夏の日に

炎熱的夏天

本文

暑い、夏の日の午後。ああ、いい風。
（炎熱的）　　　（夏日午後）　　（啊～）　（舒服的風）

涼しくて、爽やか。ホッと一息。
（涼快）　　　（清爽）　　（感覺好放鬆）

一人の気持ち

❶「涼し〜い、いい気持ち。」 い形容詞（倒數第二字拉長發音）、＋
好涼喔，好舒服！ いい気持ち

❷「暑い日はこれに限るわ。」 （女用語）…は＋名詞＋に限る＋わ
（女用語）熱天有這個最好了。

❸「暑い日はこれに限るな。」 （男用語）…は＋名詞＋に限る＋な
（男用語）熱天就是這個最好了。

❹「これ、あたしがひとり占め。」…、あたし＋が＋動詞原形
（女用語）這個，我要一人獨占。

❺「これ、俺がひとり占め。」…、俺＋が＋動詞原形
（男用語）這個，我要一人獨占。

❶ い形容詞（倒數第二字拉長發音）、＋いい気持ち

「感覺很舒服、很開心」的語氣 ── …, 好舒服喔！

表達語氣、情緒說明

「い形容詞（倒數第二字拉長音）、＋いい気持ち」是一種「感覺舒服、所以很開心」的語氣。適用的時機廣泛，可以自言自語，也可以用在與他人的對話中。いい気持ち（好舒服）。

| NG！ | 沒有不適用的場合和對象 |

| "〜い"（倒數第二字拉長發音）的語氣 | 「驚訝又開心」的口吻 |

【例】涼し〜い、いい気持ち。（好涼喔, 好舒服！）

<small>すず</small> <small>きも</small>

說明 い形容詞	補充：相反字
涼しい（涼快的）	暖かい - あたたかい（溫暖的）

【例】冷た〜い、いい気持ち。（好冰喔, 好舒服！）

<small>つめ</small> <small>きも</small>

說明 い形容詞	補充：相反字
冷たい（冰涼的）	熱い - あつい（熱的）

【例】あったか〜い、いい気持ち。（好溫暖喔, 好舒服！）

<small>きも</small>

說明 い形容詞	補充：相反字
あったかい（溫暖的＝あたたかい）	涼しい - すずしい（涼快的）

【例】柔らか〜い、いい気持ち。（好柔軟喔, 好舒服！）

<small>やわ</small> <small>きも</small>

說明 い形容詞	補充：相反字
柔らかい（柔軟的）	硬い - かたい（硬的）

❷ （女用語）…は＋名詞＋に限る＋わ

女生的斷定語氣 —— …是最好、最適合的

表達語氣、情緒說明

「…は＋名詞＋に限る＋わ」是女性用的肯定、斷定的語氣，「在某種狀況下，…是最好不過的了」的意思。適用於平輩、晚輩、及輕鬆的休閒場合。…に限る（只有…是最好的）。

NG！	不適用長輩、正式場合

"わ"的語氣	女性的斷定語氣，也可以用「わね」

【例】 暑い日はこれに限るわ。（熱天有這個最好了。）

【例】 暑い日はプールに限るわ。（熱天就是要去游泳池。）

【例】 寒い日はコタツに限るわ。（冷天有日式暖桌最好了。）

【例】 イヤな男は無視に限るわ。（討厭的男生就是要視而不見。）

❸ （男用語）…は＋名詞＋に限る＋な

男生的斷定語氣 —— 就是…最適合

表達語氣、情緒說明

同上。

NG！	不適用長輩、正式場合	"な"的語氣	男生用的斷定語氣

【例】 暑い日はこれに限るな。（熱天就是這個最好了。）

【例】 暑い日はビールに限るな。（熱天就是要喝啤酒。）

【例】 出張の帰りは焼き鳥に限るな。（出差回來一定要吃烤雞肉串。）

❹ …、あたし＋が＋動詞原形

女生的斷定語氣 —— 我要做…

表達語氣、情緒說明

「…、あたし＋が＋動詞原形」是女生用語，是「非常確定要做…」的語氣。適用於任何時機與場合。あたし（我）是女生用語。

【例】これ、<u>あたし</u>がひとり占^じめ。（這個，我要一人獨占。）

【例】これ、<u>あたし</u>が予^{よやく}約する。（這個，我要預約。）

【例】あれ、<u>あたし</u>が買^かう。（那個，我要買。）

【例】それ、<u>あたし</u>がもらう。（那個，我要拿。）

❺ …、俺^{おれ}＋が＋動詞原形

男生的斷定語氣 —— 我要做…

表達語氣、情緒說明

同上。要注意，俺（我）是男生用語。

【例】これ、<u>俺</u>がひとり占^じめ。（這個，我要一人獨占。）

【例】この試^{しあい}合、<u>俺</u>が勝^かつ。（這場比賽，我會贏。）

【例】この仕^{しごと}事、<u>俺</u>がやる。（這個工作，我來做。）

【例】この店^{みせ}、<u>俺</u>がおごる。（這間店，我請客。）

10
なかよし
好朋友

^{ほんぶん}本文

今日^{きょう}は、いい天気^{てんき}です。友達^{ともだち}と、遊^{あそ}びに行^いきます。
（今天）　　　（是好天氣）　　　（和朋友）　　　（去玩）

どこが、楽^{たの}しいかな？
（哪裡）　　（好玩呢）

^{ふたり}二人の^{かいわ}会話

❶「あたしたち、なかよし。」あたしたち（女用語）＋名詞
（女用語）我們是好姊妹！

❷「俺^{おれ}たち、マブダチ。」俺たち（男用語）＋名詞
（男用語）我們是好兄弟！

❸「いっしょに遊^{あそ}ぼうよ。」いっしょに＋動詞意量形＋よ
我們一起玩吧！

❹「ねえ、どこ行^いって遊^{あそ}ぶ？」ねえ、どこ行って＋動詞原形？
你說，我們去哪玩呢？

❺「いつまでもなかよくしてね。」いつまでも＋動詞て形＋ね
我希望長長久久跟你作好朋友，希望你也願意！

❶ あたしたち、＋名詞

女生所用的肯定、斷定語氣 —— 我們是…

表達語氣、情緒說明

「あたしたち、＋名詞」是一種肯定、斷定的語氣，並有「覺得對方也會認同」的感覺。適用於休閒的非正式場合。要注意，あたしたち（我們）是**女生用語**，男生要說：俺（おれ）たち。

NG！ 不適用長輩、陌生人、正式場合

【例】 <u>あたしたち</u>、なかよし。（我們是好姐妹。）

【例】 <u>あたしたち</u>、友達（ともだち）。（我們是朋友。）

【例】 <u>あたしたち</u>、同僚（どうりょう）。（我們是同事。）

【例】 <u>あたしたち</u>、同級生（どうきゅうせい）。（我們是同學。）

❷ 俺（おれ）たち、＋名詞

男生哥兒們間的肯定、斷定語氣 —— 我們是…

表達語氣、情緒說明

同上。要注意，俺たち－おれたち（我們）是男生用語。

NG！ 不適用長輩、陌生人、正式場合

【例】 <u>俺（おれ）たち</u>、マブダチ。（我們是好兄弟。）

【例】 <u>俺（おれ）たち</u>、仲間（なかま）。（我們是夥伴。）

【例】 <u>俺（おれ）たち</u>、敵同士（てきどうし）。（我們是競爭對手。）

【例】 <u>俺（おれ）たち</u>、無関係（むかんけい）。（我們毫無關係。）

❸ いっしょに＋動詞意量形＋よ

友善、溫和的邀約語氣 —— 我們一起做…吧！

表達語氣、情緒說明

「いっしょに＋動詞意量形＋よ」是一種友善、溫和的語氣，適用於邀請熟識的朋友做某件事，或者，對陌生人表示進一步的友善。

適用於邀約對方吃飯、聊天、看電影、玩遊戲、做功課、一起旅遊等，使用範圍相當廣泛。但使用時要注意，這並不是問句，而是相當確定要這麼做的肯定語氣。いっしょに（一起）。

| NG！ | 不適用長輩、正式場合 | "よ" 的語氣 | 「確定要做…」的語氣 |

【例】いっしょに遊ぼうよ。（我們一起玩吧！）

說明	五段動詞（字尾：ぶ）	意量形	說明
	遊ぶ（遊玩）	遊ぼう	字尾ぶ的O段音ぼ＋う

【例】いっしょに帰ろうよ。（我們一起回家吧！）

說明	五段動詞（例外字）	意量形	說明
	帰る（回去）	帰ろう	字尾る的O段音ろ＋う

【例】いっしょに行こうよ。（我們一起去吧！）

說明	五段動詞（字尾：く）	意量形	說明
	行く（去）	行こう	字尾く的O段音こ＋う

【例】いっしょに飲もうよ。（我們一起喝吧！）

說明	五段動詞（字尾：む）	意量形	說明
	飲む（喝）	飲もう	字尾む的O段音も＋う

❹ ねえ、どこ行<ruby>行<rt>い</rt></ruby>って＋動詞原形？

詢問、搭訕親密的人 —— 你說，我們去哪裡做…呢？

表達語氣、情緒說明

「ねえ、どこ行って＋動詞原形？」是一種詢問、搭訕關係親密的人的語氣。適用於朋友、以及和自己地位相等的平輩。任何休閒場合皆適用。どこ行って（去哪裡）。

| NG！ | 不適用交情淺的人、正式場合、商務場合 |

| "ねえ" 的語氣 | 出聲叫住對方、引起注意 |

【例】ねえ、どこ行<ruby>行<rt>い</rt></ruby>って遊<ruby>遊<rt>あそ</rt></ruby>ぶ？（你說，我們去哪裡玩呢？）

說明	五段動詞（字尾：ぶ）	補充：字尾「ぶ」的五段動詞
	遊ぶ（遊玩）	呼ぶ - よぶ（呼叫）／学ぶ - まなぶ（學習）

【例】ねえ、どこ行<ruby>行<rt>い</rt></ruby>って飲<ruby>飲<rt>の</rt></ruby>む？（你說，我們去哪裡喝一杯呢？）

說明	五段動詞（字尾：む）	補充：字尾「む」的五段動詞
	飲む（喝）	読む - よむ（閱讀）／挟む - はさむ（夾入）

【例】ねえ、どこ行<ruby>行<rt>い</rt></ruby>って歌<ruby>歌<rt>うた</rt></ruby>う？（你說，我們去哪裡唱歌呢？）

說明	五段動詞（字尾：う）	補充：字尾「う」的五段動詞
	歌う（唱歌）	会う - あう（見面）／買う - かう（買）

【例】ねえ、どこ行<ruby>行<rt>い</rt></ruby>って食<ruby>食<rt>た</rt></ruby>べる？（你說，我們去哪裡吃東西呢？）

說明	下一段動詞 （字尾：e段音＋る）	補充：字尾「e段音＋る」的下一段動詞
	食べる（吃東西）	売れる - うれる（暢銷）／晴れる - はれる（放晴）

❺ いつまでも＋動詞て形＋ね

有所期望的溫和語氣與心情 ──
我希望你能夠永遠…

表達語氣、情緒說明

「いつまでも＋動詞て形＋ね」是希望對方能夠…的溫和語氣與心情。適用於親密的人，不論是晚輩、平輩、長輩皆適用。但要注意，只能用於非正式的休閒場合。いつまでも（永遠）。

| NG！ | 不適用陌生的長輩、正式場合、商務會議 |

| "ね" 的語氣 | 「我這麼認為，希望你也同意」的語氣 |

【例】いつまでもなかよくして ね。
　　　（我希望和你永遠是好朋友，希望你也這麼想。）

說明	サ行動詞（字尾：する）	て形	說明
	なかよくする（感情好）	なかよくして	字尾する 變成して

【例】いつまでも長生き（ながい）して ね。（我希望你永遠長命百歲。）

說明	サ行動詞（字尾：する）	て形	說明
	長生きする（長壽）	長生きして	字尾する 變成して

【例】いつまでも大事（だいじ）にして ね。（我希望你能夠永遠珍惜。）

說明	サ行動詞（字尾：する）	て形	說明
	大事にする（珍惜）	大事にして	字尾する 變成して

11
・どれにしようかな？・
選哪一個好呢？

<ruby>本文<rt>ほんぶん</rt></ruby>

たくさんの、<ruby>果物<rt>くだもの</rt></ruby>が　　あります。いろいろな<ruby>色<rt>いろ</rt></ruby>、
（很多的）　　　　　（水果）　　　　　（有）　　　　　（各種的顏色）

いろいろの<ruby>形<rt>かたち</rt></ruby>。<ruby>味<rt>あじ</rt></ruby>も、いろいろです。
（各種的形狀）　　（味道也）　　　（有各式各樣）

<ruby>一人<rt>ひとり</rt></ruby>の<ruby>気持<rt>きも</rt></ruby>ち

❶ 「さあ、どれがいいかしら？」（女用語）さあ、疑問詞＋が＋い形容詞＋かしら？
（女用語）嗯～哪一個好呢？

❷ 「さあ、どれがいいかな。」（男用語）さあ、疑問詞＋が＋い形容詞＋かな
（男用語）嗯～哪一個好呢？

❸ 「どれもおいしそうね。」（女用語）どれも＋い形容詞（去掉字尾い）＋そう＋ね
（女用語）看起來每一個似乎都好吃。

❹ 「どれもうまそうだな。」（男用語）どれも＋い形容詞（去掉字尾い）＋そう＋だな
（男用語）看起來每一個都好好吃。

❺ 「<ruby>果物<rt>くだもの</rt></ruby>って<ruby>体<rt>からだ</rt></ruby>にいいんだよ。」名詞＋って＋い形容詞＋んだよ
水果這東西，是有益健康的。

❶ （女用語）さあ、疑問詞＋が＋い形容詞＋かしら？

有點猶豫、卻不覺得困擾的開心語氣 ── 嗯…哪一個呢？

表達語氣、情緒說明

「さあ、疑問詞＋が＋い形容詞＋かしら？」同時包含「猶豫」和「高興」的心情，是女生專用的語氣。適用於對任何人說，以及休閒場合。

| NG！| 不適用正式場合 |

| "さあ" 的語氣 | 要開始某件事之前，「很有精神脫口說出」的語氣詞 |

| "かしら" 的語氣 | 女生用的「猶豫」的口吻 |

【例】 <u>さあ</u>、<u>どれ</u><u>が</u>いい<u>かしら</u>？（嗯～哪一個好呢？）

說明	疑問詞	い形容詞
	どれ （哪一個東西）	いい （好的）

【例】 <u>さあ</u>、<u>どれ</u><u>が</u>おいしい<u>かしら</u>？（嗯～哪一個好吃呢？）

說明	疑問詞	い形容詞
	どれ （哪一個東西）	おいしい （好吃的）

【例】 <u>さあ</u>、<u>どれ</u><u>が</u>あまい<u>かしら</u>？（嗯～哪一個甜呢？）

說明	疑問詞	い形容詞
	どれ （哪一個東西）	あまい （甜的）

【例】 <u>さあ</u>、<u>だれ</u>がお金持ちかしら？（嗯～哪一位是有錢人呢？）

說明	疑問詞	名詞
	だれ （哪一位）	お金持ち （有錢人）

*除了「い形容詞」，也可以接「名詞」。

❷ （男用語）さあ、疑問詞＋が＋い形容詞＋かな

有點猶豫、卻不覺得困擾的語氣 ──
嗯…哪一個呢？

表達語氣、情緒說明

「さあ、疑問詞＋が＋い形容詞＋かな。」同時包含「猶豫」和「輕鬆」的心情，語氣較為陽剛，是男生專用的語氣。適用於對任何人說，以及休閒場合。

NG！	不適用正式場合

"さあ"的語氣	要開始某件事之前，「很有精神脫口說出」的語氣詞
"かな"的語氣	男生用的、較陽剛的「猶豫口吻」，口語上會說成「のかな」

【例】さあ、どれがいいかな。 （嗯～哪一個好呢？）

說明	疑問詞	い形容詞
	どれ （哪一個東西）	いい （好的）

【例】さあ、どれがおもしろいかな。 （嗯～哪一個有趣呢？）

說明	疑問詞	い形容詞
	どれ （哪一個東西）	おもしろい （有趣的）

【例】さあ、どれがやすいかな。 （嗯～哪一個便宜呢？）

說明	疑問詞	い形容詞
	どれ （哪一個東西）	やすい （便宜的）

【例】さあ、どこが勝つかな。 （嗯～哪一方會贏呢？）

說明	疑問詞	動詞原形
	どこ （哪一方、哪裡）	勝つ （獲勝）

*除了「い形容詞」，也可以接「動詞原形」。

❸（女用語）どれも＋い形容詞（去掉字尾い）＋そう＋ね

非正式的推測語氣 —— 看起來每一個都…

表達語氣、情緒說明

「どれも＋い形容詞（去掉字尾い）＋そうね。」是女生用語，是一種「非正式的推測語氣」。適用於對平輩、晚輩表達自己的感想，如果對長輩說，句尾的「ね」改成「ですね」較恰當。どれも（每一個都）。

| NG！ | 對長輩說，句尾「ね」要改成「ですね」 |

| “い形容詞＋そう”的語氣 | 看起來似乎… |

| “ね”的語氣 | 女生「述說自己感想」的口吻 |

【例】<u>どれも</u>おいし<u>そう</u>ね。（看起來每一個似乎都好吃。）

說明	い形容詞（原形）	い形容詞＋そう	說明
	おいしい（好吃）	おいしそう	字尾去掉い後＋そう

【例】<u>どれも</u>あま<u>そう</u>ね。（看起來每一個似乎都好甜。）

說明	い形容詞（原形）	い形容詞＋そう	說明
	あまい（甜）	あまそう	字尾去掉い後＋そう

【例】<u>どれも</u>高^{たか}<u>そう</u>ね。（看起來每一個似乎都好貴。）

說明	い形容詞（原形）	い形容詞＋そう	說明
	高い（昂貴）	高そう	字尾去掉い後＋そう

【例】<u>どれも</u>よさ<u>そう</u>ね。（看起來每一個似乎都不錯。）

說明	い形容詞（原形）	い形容詞＋そう	說明
	よい（好的）	よさそう	這是個例外字，要熟記。

❹ （男用語）どれも＋い形容詞（去掉字尾い）＋そう＋だな

非正式的推測語氣 —— 看起來每一個都…

表達語氣、情緒說明

「どれも＋い形容詞（去掉字尾い）＋そうだな。」是男生用語，表達「非正式的推測」，語氣較陽剛強烈。適用於對平輩、晚輩表達自己的感想，如果對長輩說，句尾的「だな」改成「ですね」較恰當。どれも（每一個都）。

> **NG！** 對長輩說，句尾「だな」要改成「ですね」
>
> **"い形容詞＋そう"的語氣** 看起來似乎…
>
> **"だな"的語氣** 男生「述說自己感想」的口吻，語氣較強烈

【例】 <u>どれも</u>うま<u>そう</u> <u>だな</u>。 （看起來每一個都好好吃。）

說明	い形容詞（原形）	い形容詞＋そう	說明
	うまい （好吃的）	うまそう	字尾去掉い後＋そう

【例】 <u>どれも</u>おもしろ<u>そう</u> <u>だな</u>。 （看起來每一個都很好玩。）

說明	い形容詞（原形）	い形容詞＋そう	說明
	おもしろい（有趣的）	おもしろそう	字尾去掉い後＋そう

【例】 <u>どれも</u>むずかし<u>そう</u> <u>だな</u>。 （看起來每一個都很難。）

說明	い形容詞（原形）	い形容詞＋そう	說明
	むずかしい（難的）	むずかしそう	字尾去掉い後＋そう

【例】 <u>どれも</u>やさし<u>そう</u> <u>だな</u>。 （看起來每一個都很簡單。）

說明	い形容詞（原形）	い形容詞＋そう	說明
	やさしい（簡單的）	やさしそう	字尾去掉い後＋そう

❺ 名詞＋って＋い形容詞＋んだよ

特別強調某人事物的語氣 ── …，確實是…

表達語氣、情緒說明

「名詞＋って＋い形容詞＋んだよ」是一種強調的語氣，明確表達「自己對某一特定人事物」的看法。適用於平輩、晚輩、熟悉的人，以及生活中的休閒場合。

| NG！ | 不適用正式場合、長輩、陌生人、上司 |

| "って" 的語氣 | 「特別指出的」人事物 |

| "んだよ" 的語氣 | 「強調自己想法」的語氣 |

【例】 果物って 体にいいんだよ。（水果這東西，是有益健康的。）

說明	名詞	い形容詞
	果物（水果）	体にいい（有益健康）

【例】 運動って 体にいいんだよ。（運動這件事，是有益健康的。）

說明	名詞	い形容詞
	運動（運動）	体にいい（有益健康）

【例】 タバコって 体に悪いんだよ。（抽菸這件事，是有害健康的。）

說明	名詞	い形容詞
	タバコ（香菸）	体に悪い（有害健康）

【例】 あの人ってずるいんだよ。（提到的那個人，是很狡猾的。）

說明	名詞	い形容詞
	あの人（那個人）	ずるい（狡猾的）

12
・ もらっちゃった ・
哇，我有好多青菜喔！

本文
ほんぶん

菜園で、野菜を作りました。
さいえん　　　　や さい　つく
（在菜園）　　　　（種植了青菜）

とっても、たくさん採れました。
と
（採收了非常非常多）

家に、持って帰ります。
うち　　も　　　かえ
（要帶回家去）

一人の気持ち
ひとり　き も

❶「こんなにもらっちゃった。」こんなに＋動詞＋ちゃった
我得到這麼多唷！

❷「おかあさんに 料 理　某人＋に＋動詞て形＋もらおう
りょうり
作って もらおう。」
つく
我決定就請媽媽做料理吧！

❸「たくさんあるから、　たくさん＋動詞＋から、動詞意量形＋か？
ひとつあげようか？」
我有很多，你要不要一個？

❶ こんなに＋動詞＋ちゃった

「沒想到竟然是這麼多…」的意外語氣

表達語氣、情緒說明

「こんなに＋動詞＋ちゃった」是一種充滿意外的語氣，適用於「原本不該有的事，卻發生了」的狀況。例如，好學生考0分、壞學生考100分等，不論好事壞事都適用。也適用於休閒場合、熟識的人。こんなに（這麼多的）。

NG！	不適用正式場合、不熟悉的人

"ちゃった"的語氣	「原本不該有的事（不論好壞），卻發生了」的語氣

【例】こんなにもらっちゃった。（我得到這麼多唷！）

說明	五段動詞 （字尾：う）	動詞＋ちゃった	說明
	もらう（得到）	もらっちゃった	去掉字尾う後＋っちゃった

【例】こんなに買っちゃった。（我買了這麼多唷！）

說明	五段動詞 （字尾：う）	動詞＋ちゃった	說明
	買う（買）	買っちゃった	去掉字尾う後＋っちゃった

【例】こんなに取っちゃった。（我拿了這麼多唷！）

說明	五段動詞 （字尾：o段音＋る）	動詞＋ちゃった	說明
	取る（拿）	取っちゃった	去掉字尾る後＋っちゃった

【例】こんなに作っちゃった。（我做了這麼多唷！）

說明	五段動詞 （字尾：u段音＋る）	動詞＋ちゃった	說明
	作る（製作）	作っちゃった	去掉字尾る後＋っちゃった

❷ 某人＋に＋動詞て形＋もらおう

「我決定要請某人做…」的語氣

表達語氣、情緒說明

「人物＋に＋動詞て形＋もらおう」是「我決定要請某人做某件事」的語氣。適用於自言自語，或說自己的決定給別人聽。

NG！　無，沒有不適用的時機、場合、對象

【例】おかあさんに 料理作って もらおう。
（我決定就請媽媽做料理吧！）

說明	五段動詞（字尾：u 段音＋る）	て形	說明
	料理作る（做料理）	料理作って	字尾 る 變成 って

【例】おかあさんにおやつ作って もらおう。
（我決定就請媽媽做點心吧！）

說明	五段動詞（字尾：u 段音＋る）	て形	說明
	おやつ作る（做點心）	おやつ作って	字尾 る 變成 って

【例】社長に責任とって もらおう。
（我決定就請社長負責任吧！）

說明	五段動詞（字尾：o 段音＋る）	て形	說明
	責任とる（負責任）	責任とって	字尾 る 變成 って

【例】先生に教えて もらおう。（我決定就請老師教我吧！）

說明	下一段動詞（字尾：e 段音＋る）	て形	說明
	教える（教導）	教えて	字尾 る 變成 て

❸ たくさん＋動詞＋から、動詞意量形＋か？

詢問對方意願的語氣 ── …很多，要不要…呢？

表達語氣、情緒說明

「たくさん＋動詞＋から、動詞意量形＋か？」是「在某種前提下，詢問對方是否有意願做…」的語氣。適用於平輩、晚輩、熟識的人、以及輕鬆的休閒場合。「から」前面可以是「動詞た形」和「動詞原形」。たくさん（很多）。

NG！ 不適用正式場合、長輩、不熟悉的人

【例】たくさんあるから、ひとつあげようか？
   （我有很多，你要不要一個？）

説明	五段動詞	原形	
	ある（有）	ある	

	下一段動詞	意量形	説明
	あげる（給予）	あげよう	字尾る 變成よう

【例】たくさん作ったから、少しあげようか？
   （我做了很多菜，你要不要一點？）

説明	五段動詞	た形	説明
	作る（做、烹調）	作った	字尾る 變成った

	下一段動詞	意量形	説明
	あげる（給予）	あげよう	字尾る 變成よう

【例】たくさん食べたから、少し歩こうか？
   （吃了很多東西，要不要稍微散步？）

説明	下一段動詞	た形	説明
	食べる（吃）	食べた	字尾る 變成た

	五段動詞	意量形	説明
	歩く（走路）	歩こう	字尾く的o段音こ＋う

13

おやつ

我愛棒棒糖

<ruby>本文<rt>ほんぶん</rt></ruby>

さあ、おやつの<ruby>時間<rt>じかん</rt></ruby>です。<ruby>今日<rt>きょう</rt></ruby>は、<ruby>大<rt>おお</rt></ruby>きな<ruby>飴<rt>あめ</rt></ruby>です。
（點心的時間到了）　　　（今天）　　（是大糖果）

でもちょっと、<ruby>大<rt>おお</rt></ruby>きすぎる　みたい。
（不過稍微…）　　　（太大了）　　　（好像）

<ruby>一人<rt>ひとり</rt></ruby>の<ruby>気持<rt>きも</rt></ruby>ち

❶「この<ruby>飴<rt>あめ</rt></ruby><ruby>大好物<rt>だいこうぶつ</rt></ruby>。」 この＋名詞＋大好物

我好喜歡這個糖果。

❷「あまくておいしいよ。」 い形容詞て形＋い形容詞＋よ

好甜好好吃喲！

❸「おいしいけど、<ruby>大<rt>おお</rt></ruby>きくて　　おいしいけど、い形容詞て形＋
<ruby>食<rt>た</rt></ruby>べきれない や。」　　動詞否定形ない＋や

雖然好吃，但是太大了，吃不完。

❶ この＋名詞＋大好物
だいこうぶつ

高興、興奮的語氣 —— 我好喜歡這個…

表達語氣、情緒說明

「この＋名詞＋大好物」是一種高興、興奮的語氣，表達自己對某個東西的喜愛。適用於非正式的休閒場合。この（這個…）是「連體詞」，後面要接「名詞」。大好物（非常喜歡的東西）。

NG！　不適用正式場合

【例】この飴大好物。（我好喜歡這個糖果。）
あめだいこうぶつ

說明	名詞	補充：替換字
	飴(糖果)	ケーキ（蛋糕）／チョコレート（巧克力）

【例】このお菓子大好物。（我好喜歡這個和菓子。）
かしだいこうぶつ

說明	名詞	補充：替換字
	お菓子(和菓子)	クレープ（可麗餅）／ティラミス（提拉米蘇）

【例】この料理大好物。（我好喜歡這道菜。）
りょうりだいこうぶつ

說明	名詞	補充：替換字
	料理(料理、菜餚)	スパゲティ（義大利麵）／マーポードウフ（麻婆豆腐）

【例】この果物大好物。（我好喜歡這個水果。）
くだものだいこうぶつ

說明	名詞	補充：替換字
	果物(水果)	バナナ（香蕉）／りんご（蘋果）

❷ い形容詞て形＋い形容詞＋よ

一次描述兩種感覺的語氣 —— 是…而且…喲

表達語氣、情緒說明

「い形容詞て形＋い形容詞＋よ」的語氣中包含兩個形容詞，可用於同時描述兩種感覺。適用於平輩、晚輩、熟識的人、以及休閒場合。

NG！ 不適用正式場合、長輩、陌生人

"よ"的語氣 「表達自己的想法」的語氣

【例】あまくておいしいよ。（好甜好好吃喲！）

說明 い形容詞（原形）	て形	說明
あまい（甜的）	あまくて	字尾い 變成く＋て

【例】からくておいしいよ。（好辣好好吃喲！）

說明 い形容詞（原形）	て形	說明
からい（辣的）	からくて	字尾い 變成く＋て

【例】すっぱくてあまいよ。（酸酸甜甜的喲！）

說明 い形容詞（原形）	て形	說明
すっぱい（酸的）	すっぱくて	字尾い 變成く＋て

【例】からくてしょっぱいよ。（又辣又鹹喲！）

說明 い形容詞（原形）	て形	說明
からい（辣的）	からくて	字尾い 變成く＋て

❸ おいしいけど、い形容詞て形＋動詞否定形ない＋や

雖然好吃，但是…，所以無法…

表達語氣、情緒說明

「おいしいけど、い形容詞て形＋動詞否定形ない＋や」是一
種「雖然好吃，但是…，所以無法…」的語氣。適用於陳述自
己的個人感想與原因。おいしいけど（雖然好吃，但是…）。

【例】 おいしいけど、大_{おお}きくて食_たべきれないや。
　　　　（雖然好吃，但是太大了，吃不完。）

說明	い形容詞（原形）	い形容詞（て形）	說明
	大きい（大的）	大きくて	字尾い變成く＋て

下一段動詞	否定形ない	說明
食べきれる（吃得完）	食べきれない（吃不完）	字尾る 變成ない

【例】 おいしいけど、多_{おお}くて食_たべきれないや。
　　　　（雖然好吃，但是太多了，吃不完。）

說明	い形容詞（原形）	い形容詞（て形）	說明
	多い（多的）	多くて	字尾い變成く＋て

下一段動詞	否定形ない	說明
食べきれる（吃得完）	食べきれない（吃不完）	字尾る 變成ない

【例】 おいしいけど、高_{たか}くて食_たべられないや。
　　　　（雖然好吃，但是太貴了，吃不起。）

說明	い形容詞（原形）	い形容詞（て形）	說明
	高い（昂貴）	高くて	字尾い變成く＋て

下一段動詞	否定形ない	說明
食べられる（吃得起）	食べられない（吃不起）	字尾る 變成ない

14

どこ行くの？

你要去哪裡？

こんにちは

本文（ほんぶん）

外（そと）へ、遊（あそ）びに行（い）きます。途中（とちゅう）で、
（出門去）　　　　（要去玩）　　　　　　　（半路上）

友達（ともだち）と会（あ）いました。彼女（かのじょ）は、どこに行（い）くのかな。
　　（遇見了朋友）　　　　　（她）　　　　　（是要去哪裡呢）

二人（ふたり）の会話（かいわ）

❶ 「あら、元気（げんき）？」あら、＋問候語

　哦哦，最近好嗎？

❷ 「どこ行（い）くの？」どこ／なに＋動詞＋の？

　你要去哪裡？

❸ 「今度遊（こんどあそ）びに行（い）こうよ。」今度＋動詞ます形＋に＋行こう＋よ

　下次去玩吧。

❶ あら、＋問候語

遇到某人時，驚訝、驚喜的打招呼、問候語氣

表達語氣、情緒說明

「あら、＋問候語」是一種向對方寒暄、打招呼、問候的語氣，語氣中並帶有驚喜、驚訝的情緒。適用於熟識的朋友、以及休閒場合。

| NG！ 不適用正式場合、陌生人 | "あら"的語氣 「驚訝、驚喜」的語氣 |

【例】<u>あら</u>、元気？（哦哦，最近好嗎？）

說明	招呼語	名詞
	元気？（你好嗎）	元気（健康、有精神）

【例】<u>あら</u>、こんにちは。（哦哦，你好啊！）

說明	招呼語	補充：其他招呼語
	こんにちは（午安、你好）	こんばんは（晚安）

【例】<u>あら</u>、ひさしぶり。（哦哦，好久不見！）

說明	招呼語	補充：其他招呼語
	ひさしぶり（好久不見）	また会ったね（我們又見面了）

【例】<u>あら</u>、どうしたの？（哦哦，發生了什麼事？）

說明	招呼語	補充：回應語
	どうしたの（你怎麼了、發生了什麼事）	なんでもない（沒什麼事）

❷ どこ／なに＋動詞＋の？

「詢問對方去哪裡、做什麼」的語氣

表達語氣、情緒說明

「どこ／なに＋動詞＋の？」是用來詢問對方「去哪裡」、「做什麼」的疑問句。有明確的對象，並非自言自語。適用於熟識的朋友、以及非正式的休閒場合。どこ（哪裡），なに（什麼）。

NG！ 不適用正式場合、陌生人

"の"的語氣 「表示疑問」的語氣

【例】どこ行くの？（你要去哪裡？）

說明	疑問詞	五段動詞（字尾：く）
	どこ（哪裡）	行く（去）

【例】どこ行ってきたの？（你去哪裡了？）

說明	カ行動詞（くる）	た形	說明
	行ってくる （去、之後會回來）	行ってきた （去了又回來了）	字尾くる 變成きた

【例】なにするの？（你要做什麼？）

說明	疑問詞	サ行動詞（字尾：する）
	なに（什麼）	する（做）

【例】なにしてきたの？（你去做什麼了？）

說明	カ行動詞（くる）	た形	說明
	なにしてくる （要去做什麼）	なにしてきた	字尾くる 變成きた

❸ 今度＋動詞ます形＋に＋行こう＋よ

提出邀約、並確定對方會答應的語氣——
下次做…吧！

表達語氣、情緒說明

「今度＋動詞ます形＋に＋行こうよ」是「邀約對方、並有默契的認為對方心裡也這麼想」的語氣。但要注意，這僅適用於非正式場合的邀請，以及熟識的朋友之間。今度（下次），行こう（去…吧）。

| NG！ | 不適用正式場合的邀約、陌生人 |

| "よ"的語氣 | 「相當確定對方會答應」的邀約口吻 |

【例】今度遊びに 行こう よ。（下次去玩吧。）

說明	五段動詞（字尾：ぶ）	ます形	說明
	遊ぶ（遊玩）	遊び	字尾ぶ 變成 ぶ的i段音び

【例】今度飲みに 行こう よ。（下次去喝一杯吧。）

說明	五段動詞（字尾：む）	ます形	說明
	飲む（喝、喝酒）	飲み	字尾む 變成 む的i段音み

【例】今度旅行に 行こう よ。（下次去旅遊吧。）

說明	名詞	補充：替換字
	旅行（旅遊）	カラオケ（卡拉OK）／ドライブ（兜風）

*也可以是「名詞に行こうよ」。

【例】今度花見に 行こう よ。（下次去賞花吧。）

說明	名詞	補充：替換字
	花見（賞花）	食事 - しょくじ（吃飯）／デート（約會）

15
ただいまあ
我回來了

本文
（ほんぶん）

今日も、楽しかったです。元気に、
（きょう）（今天也）（たの）（很開心）（げんき）（很有精神的）

帰ってきました。帰ったら、何をしようかな。
（かえ）（回來了）（かえ）（回來後）（なに）（要做什麼好呢？）

一人の気持ち
（ひとり）（きも）

❶「ただいまあっ。」（家人會回應）「おかえりなさい。」
（對家人說）我回來了！

❷「学校、楽しかったよ。」名詞、＋楽しかった＋よ
（がっこう）（たの）
學校好好玩唷！

❸「おかあさん、おなかすいたよ。」某人、＋動詞た形＋よ
媽媽，我肚子餓了唷。

❹「おかあさん、何か作って。」某人、疑問詞＋か＋動詞て形
（なに）（つく）
媽媽，請做些什麼菜吧！

084

❷ 名詞、＋楽しかった＋よ

開心描述的語氣 ── …，好好玩唷！

表達語氣、情緒說明

「名詞、楽しかった＋よ」是「做了某一件事、去了某個地方，非常開心描述」的語氣。適用於家人、熟識的朋友、以及一般的生活場合。
楽しかった（覺得好玩、開心）。

NG！ 不適用正式場合、不熟的長輩、陌生人

"よ"的語氣 「強調自己感想」的口吻

【例】学校、楽しかった よ。（學校好好玩唷！）

說明	名詞	補充：替換字
	学校（學校）	野球-やきゅう（棒球）

【例】遠足、楽しかった よ。（遠足好好玩唷！）

說明	名詞	補充：替換字
	遠足（遠足）	遊園地-ゆうえんち（遊樂園）

【例】運動会、楽しかった よ。（運動會好好玩唷！）

說明	名詞	補充：替換字
	運動会（運動會）	海-うみ（海邊）／コンサート（演唱會）

【例】旅行、楽しかった よ。（去旅遊好好玩唷！）

說明	名詞	補充：替換字
	旅行（旅遊）	花博-はなはく（花卉博覽會）

❸ 某人、＋動詞た形＋よ

「提醒、告訴對方不知道的事」的語氣

表達語氣、情緒說明

「人物、＋動詞た形＋よ」是「提醒、告知對方」的語氣，所說的都是對方所不知道的事情。適用於平輩、晚輩、熟人，以及休閒場合。

NG！ 不適用正式場合、不熟的長輩、陌生人

"よ"的語氣 「提醒對方」的語氣

【例】おかあさん、おなかすいた よ。（媽媽，我肚子餓了唷。）

說明 五段動詞（字尾：く）	た形	說明
おなかすく （肚子餓）	おなかすいた （肚子已經餓了）	字尾く 變成い＋た

【例】おかあさん、宿題やった よ。（媽媽，我寫完功課了唷。）

說明 五段動詞 （字尾：a 段音＋る）	た形	說明
宿題やる（做功課）	宿題やった （做完功課）	字尾る 變成っ＋た

【例】おばあさん、席あいた よ。（婆婆，這個位子沒人坐唷。）

說明 五段動詞（字尾：く）	た形	說明
席あく（座位會空著）	席あいた （座位已經空著）	字尾く 變成い＋た

【例】先生、宿題やった よ。（老師，我寫完功課了唷。）

說明 五段動詞 （字尾：a 段音＋る）	た形	說明
宿題やる（做功課）	宿題やった （做完功課）	字尾る 變成っ＋た

❹ 某人、疑問詞＋か＋動詞て形

「對人提出要求」的語氣 —— 請做些…吧！

表達語氣、情緒說明

「某人、疑問詞＋か＋動詞て形」是「對某人提出要求、希望對方能做些什麼」的語氣。只適用「相當熟悉、適合提出請求的人」，例如父母、熟人等。

NG！ 不適用陌生人、交情淺的人　"か"的語氣 「不確定」的語氣。何か - なにか（某些什麼），どこか（某個地點），誰か - だれか（某個人）。

【例】 おかあさん、何<ruby>何<rt>なに</rt></ruby>か作<ruby>作<rt>つく</rt></ruby>って。（媽媽，請做些什麼菜吧！）

說明	五段動詞 （字尾：u 段音＋る）	て形	說明
	作る（做）	作って	字尾る 變成っ＋て

【例】 おとうさん、どこかつれてって。（爸爸，請帶我去哪裡吧！）

說明	五段動詞（例外字）	て形	說明
	つれていく （帶去某個地方）	*つれてって	字尾く 變成っ＋て

*根據文法原則應該是「つれていって」，但口語中「い」常被省略。

【例】 あなた、何<ruby>何<rt>なに</rt></ruby>か頼<ruby>頼<rt>たの</rt></ruby>んで。（請你幫我點個菜！）

說明	五段動詞（字尾：む）	て形	說明
	頼む（點菜、拜託）	頼んで	字尾む 變成ん＋で

* 「頼む」這種「字尾む」的五段動詞，「て形」是「頼んで」

【例】 あなた、誰<ruby>誰<rt>だれ</rt></ruby>か呼<ruby>呼<rt>よ</rt></ruby>んできて。（請你幫我叫些人來吧！）

說明	カ行動詞（くる）	て形	說明
	呼んでくる（叫某人來）	呼んできて	字尾くる 變成きて

16
かゆいかゆい

好癢！好癢！

<ruby>本文<rt>ほんぶん</rt></ruby>

<ruby>夏<rt>なつ</rt></ruby>は、<ruby>蚊<rt>か</rt></ruby>が<ruby>多<rt>おお</rt></ruby>いです。<ruby>蚊<rt>か</rt></ruby>は、<ruby>人<rt>ひと</rt></ruby>を<ruby>刺<rt>さ</rt></ruby>します。
（夏天）　　　（蚊子多）　　　　　　　（會叮人）

<ruby>刺<rt>さ</rt></ruby>されると、かゆくなります。
（如果被叮）　　　　　（就會癢）

<ruby>一人<rt>ひとり</rt></ruby>の<ruby>気持<rt>きも</rt></ruby>ち

❶「<ruby>蚊<rt>か</rt></ruby>に<ruby>刺<rt>さ</rt></ruby>され<u>ちゃった</u>。」名詞＋に＋動詞被動形＋ちゃった
我被蚊子叮了。

❷「かゆい<u>なあ</u>。」い形容詞＋なあ
好癢喔！

❸「おかあさん、<ruby>薬<rt>くすり</rt></ruby> <u>ない</u>？」某人、＋名詞＋ない？
媽媽，沒有藥嗎？

❶ 名詞＋に＋動詞被動形＋ちゃった

「出乎意料之外，發生了…」的語氣 —— 我被…了

表達語氣、情緒說明

「名詞＋に＋動詞被動形＋ちゃった」是「出乎意料之外、我被…」的語氣。是自言自語的陳述，也可以對他人表達。ちゃった（＝てしまった）。

NG！ 不適用正式場合、長輩、陌生人

"ちゃった"的語氣 「沒有料想到的，卻發生了」的語氣

【例】 蚊(か)に刺(さ)されちゃった。 （我被蚊子叮了。）

說明	五段動詞	被動形＋ちゃった	說明
	刺す （叮咬）	刺されちゃった （被叮咬）	字尾す的 a 段音さ＋れ＋ちゃった

【例】 蜂(はち)に刺(さ)されちゃった。 （我被蜜蜂螫了。）

說明	五段動詞	被動形＋ちゃった	說明
	刺す （叮咬）	刺されちゃった （被叮咬）	字尾す的 a 段音さ＋れ＋ちゃった

【例】 先生(せんせい)におこられちゃった。 （我被老師罵了。）

說明	五段動詞	被動形＋ちゃった	說明
	おこる （責罵）	おこられちゃった （被罵）	字尾る的 a 段音ら＋れ＋ちゃった

【例】 先生(せんせい)にほめられちゃった。 （我被老師稱讚了。）

說明	下一段動詞	被動形＋ちゃった	說明
	ほめる （稱讚）	ほめられちゃった （被稱讚）	字尾る 變成られ＋ちゃった

❷ い形容詞＋なあ

「表達自己的感覺、感想」的語氣

表達語氣、情緒說明

「い形容詞＋なあ」是直接陳述自己感覺、感想的語氣。適用於私人生活、休閒場合、以及熟識的朋友之間。

NG！ 不適用職場、正式場合、陌生人

"なあ"的語氣 「表達自己感覺」的語氣

【例】かゆい<u>なあ</u>。（好癢喔！）

説明 い形容詞	補充：其他い形容詞
かゆい（癢的）	あたたかい（溫暖的）／ 涼しい - すずしい（涼快的）

【例】いたい<u>なあ</u>。（好痛喔！）

説明 い形容詞	補充：其他い形容詞
いたい（痛的）	かっこいい（帥氣的）／ かわいい（可愛的）

【例】ねむい<u>なあ</u>。（好想睡覺喔！）

説明 い形容詞	補充：其他い形容詞
ねむい（想睡覺的）	寒い - さむい（寒冷的）／ 暑い - あつい（炎熱的）

【例】うれしい<u>なあ</u>。（好開心喔！）

説明 い形容詞	補充：其他い形容詞
うれしい（開心的）	寂しい - さびしい（寂寞的）／ 懐かしい - なつかしい（懷念的）

❸ 某人、＋名詞＋ない？

輕鬆的要求語氣 —— 沒有…嗎？

表達語氣、情緒說明

「人物、名詞＋ない？」是一種「非常輕鬆簡潔」的要求語氣，適用於輕鬆的氣氛下、對非常熟悉的人提出要求。ない？（沒有嗎）。

NG！　不適用正式場合、陌生人

【例】おかあさん、薬<ruby>くすり</ruby>ない？（媽媽，沒有藥嗎？）

說明	名詞	補充：替換字
	薬（藥）	医者 - いしゃ（醫生）／ 看護師 - かんごし（護士）

【例】おかあさん、おやつない？（媽媽，沒有點心嗎？）

說明	名詞	補充：替換字
	おやつ（點心）	ご飯 - ごはん（飯）／ 食パン - しょくパン（吐司）

【例】先生、宿題ない？（老師，沒有功課嗎？）

說明	名詞	補充：替換字
	宿題（功課）	プリント（講義）／机 - つくえ（桌子）

【例】社長、ボーナスない？（老闆，沒有分紅嗎？）

說明	名詞	補充：替換字
	ボーナス（分紅）	休み - やすみ（休假）／ 残業 - ざんぎょう（加班）

歯(は)みがきしよう

刷牙囉！

本文(ほんぶん)

歯(は)を、みがきましょう。虫歯(むしば)に、ならないように。
（來刷牙吧）　　　　　　　（蛀牙）　　　（為了避免變成…）

歯(は)みがきで、みがきます。
（用牙膏）　　　　（刷牙）

一人(ひとり)の気持(きも)ち

❶「キレイに磨(みが)かなくちゃ。」な形容詞＋に＋動詞…なくちゃ

我非刷乾淨不可。

❷「キチンと磨(みが)かないと口(くち)がくさくなるからね。」
副詞＋動詞否定形ない＋と＋…くなるからね

如果不好好的刷牙，會變成口臭的。

❸「虫歯(むしば)になったら困(こま)る。」名詞＋になったら＋困る

如果變成蛀牙就麻煩了。

❶ な形容詞＋に＋動詞…なくちゃ

提醒自己「非得做…不可」的語氣

表達語氣、情緒說明

「な形容詞＋に＋動詞…なくちゃ」是「提醒自己非得做…不可」的語氣。適用於對熟識的人說，或者自言自語。

| NG！ | 不適用正式場合、陌生人 |

| "なくちゃ"的語氣 | 「非得做…不可」的輕鬆說法 |

【例】キレイに磨かなくちゃ。（我非刷乾淨不可。）

説明	五段動詞（字尾：く）	否定形＋なくちゃ	説明
	磨く（刷）	磨かなくちゃ	字尾く的a段音か＋なくちゃ

【例】キレイに拭かなくちゃ。（我非擦乾淨不可。）

説明	五段動詞（字尾：く）	否定形＋なくちゃ	説明
	拭く（擦拭）	拭かなくちゃ	字尾く的a段音か＋なくちゃ

【例】キレイにお化粧しなくちゃ。（我非得上個漂亮的妝不可。）

説明	サ行動詞（字尾：する）	否定形＋なくちゃ	説明
	お化粧する（化妝）	お化粧しなくちゃ	字尾する變成し＋なくちゃ

【例】マジメに仕事しなくちゃ。（我非認真工作不可。）

説明	サ行動詞（字尾：する）	否定形＋なくちゃ	説明
	仕事する（工作）	仕事しなくちゃ	字尾する變成し＋なくちゃ

❷ 副詞＋動詞否定形ない＋と＋…くなるからね

提醒自己「不做…，會導致某種不好的結果」的語氣

表達語氣、情緒說明

「副詞＋動詞否定形ない＋と＋…くなるからね」是「提醒自己如果沒做…，就會…」的語氣。適用於對熟識的人說，或者自言自語。

NG！ 不適用長輩、上司　　"…くなるから"的語氣　「因為會變成…」的語氣　"ね"的語氣　「提醒自己」、「抒發自己感想」的語氣

【例】 キチンと磨（みが）かない と口（くち）がくさくなるからね。
　　　（如果不好好的刷牙，會變成口臭的。）

說明	五段動詞	否定形ない	說明
	磨く（刷）	磨かない	字尾く的a段音か＋ない

	い形容詞	い形容詞＋なるからね	說明
	くさい（臭）	くさくなるからね	字尾い變成く＋なるからね

【例】 キチンと言（い）わない と意味（いみ）が通（つう）じなくなるからね。
　　　（如果不好好的說清楚，別人會聽不懂的。）

說明	五段動詞	否定形ない	說明
	言う（說）	言わない	字尾う的a段音わ＋ない

	上一段動詞	否定形＋なるからね	說明
	通じる（想法被了解）	通じなくなるからね	字尾る變成なくなるからね

【例】 しっかりと勉強（べんきょう）しない と成績（せいせき）が悪（わる）くなるからね。
　　　（如果不紮實的唸書，成績會變差的。）

說明	サ行變格動詞	否定形ない	說明
	勉強する（唸書）	勉強しない	字尾する 變成しない

	い形容詞	い形容詞＋なるからね	說明
	悪い（糟的）	悪くなるからね	字尾い變成く＋なるからね

❸ 名詞＋になったら＋困<ruby>困<rt>こま</rt></ruby>る

「預測不好的未來」的語氣 —— 萬一變成…，
就麻煩了！

表達語氣、情緒說明

「名詞＋になったら＋困る」是「萬一出現…結果，就麻煩了」的語氣。適用於
自言自語、或說給熟識的人聽。…になったら（如果變成…），困る（困擾）

NG！ 沒有不適用的場合與對象

"…になったら"的語氣 「預想未來如果變成…」的語氣

【例】<ruby>虫歯<rt>むしば</rt></ruby>になったら <ruby>困<rt>こま</rt></ruby>る。（如果變成蛀牙就麻煩了。）

說明 名詞	補充：替換字
虫歯（蛀牙）	病気-びょうき（生病）／風邪-かぜ（感冒）

【例】クビになったら <ruby>困<rt>こま</rt></ruby>る。（如果被開除就麻煩了。）

說明 名詞	補充：替換字
クビ（開除）	減給-げんきゅう（減薪）／落第-らくだい（留級）

【例】<ruby>大雪<rt>おおゆき</rt></ruby>になったら <ruby>困<rt>こま</rt></ruby>る。（如果下大雪就麻煩了。）

說明 名詞	補充：替換字
大雪（大雪）	大雨-おおあめ（大雨）／台風-たいふう（颱風）

【例】<ruby>不合格<rt>ふごうかく</rt></ruby>になったら <ruby>困<rt>こま</rt></ruby>る。（如果沒合格就麻煩了。）

說明 名詞	補充：替換字
不合格 （考試沒過關）	失敗-しっぱい（失敗）

18

暑いわね
天氣好熱喔！

ほんぶん
本文

今日は、いい天気です。暑くて、たまりません。
（今天）　　（是好天氣）　　　（很熱）　　　（受不了）

うちわがあっても、汗だくだくです。
　　（即使有扇子）　　　　　（也汗如雨下）

ひとり　　きも
一人の気持ち

❶「暑くて たまんない よ。」い形容詞て形＋たまんない＋よ

　熱得受不了啊！

❷「冷房が 欲しいところ ね。」（女用語）名詞＋が＋欲しいところ＋ね

　（女用語）這時候該有冷氣啊！

❸「冷房が 欲しいところ だな。」（男用語）名詞＋が＋欲しいところ＋だな

　（男用語）這時候該有冷氣啊！

❹「うちわがあるだけ まし だわ。」（女用語）…だけ＋まし＋だわ

　（女用語）至少有扇子，算是不錯的！

❺「うちわがあるだけ まし だな。」（男用語）…だけ＋まし＋だな

　（男用語）至少有扇子，算是不錯的！

❶ い形容詞て形＋たまんない＋よ

「太…，實在受不了啊！」的語氣

表達語氣、情緒説明

「い形容詞て形＋たまんない＋よ」是「有某種感覺，實在無法忍受」的語氣。
適用於自言自語，或説給旁人聽。たまんない（無法忍受）。

| NG！ | 不適用正式場合、長輩、陌生人 |

| "よ"的語氣 | 「説自己的感覺給旁人聽」的語氣 |

【例】暑<u>く</u><u>て</u> <u>たまんない</u> よ。（熱得受不了啊！）

說明	い形容詞	て形	說明
	暑い（炎熱）	暑くて	字尾い 變成くて

【例】寒<u>く</u><u>て</u> <u>たまんない</u> よ。（冷得受不了啊！）

說明	い形容詞	て形	說明
	寒い（寒冷）	寒くて	字尾い 變成くて

【例】痛<u>く</u><u>て</u> <u>たまんない</u> よ。（痛得受不了啊！）

說明	い形容詞	て形	說明
	痛い（疼痛）	痛くて	字尾い 變成くて

【例】眠<u>く</u><u>て</u> <u>たまんない</u> よ。（想睡得不得了啊！）

說明	い形容詞	て形	說明
	眠い（想睡覺）	眠くて	字尾い 變成くて

❷ （女用語）名詞＋が＋欲(ほ)しいところ＋ね

女生表達心裡欲望的語氣 —— 這時候該是需要…啊！

表達語氣、情緒說明

「名詞＋が＋欲しいところね」是女生表達「目前心裡想要、需要…」的語氣。適用於自言自語，或說給平輩、晚輩、熟悉的朋友聽。欲しい（想要），ところ（…的時候）。

| NG！ | 不適用正式場合、長輩、陌生人 | "ね"的語氣 | 「女生表達自己的希望」的口吻 |

【例】冷房(れいぼう)が 欲(ほ)しいところ ね。 （這時候該有冷氣啊！）

【例】扇風機(せんぷうき)が 欲(ほ)しいところ ね。 （這時候該有電風扇啊！）

【例】暖房(だんぼう)が 欲(ほ)しいところ ね。 （這時候該有暖氣啊！）

【例】彼氏(かれし)が 欲(ほ)しいところ ね。 （這時候該有男朋友啊！）

❸ （男用語）名詞＋が＋欲(ほ)しいところ＋だな

男生表達心裡欲望的語氣 —— 這時候該是需要…啊！

表達語氣、情緒說明

同上。只是語氣較陽剛。

| NG！ | 不適用正式場合、長輩、陌生人 | "だな"的語氣 | 「男生表達自己的希望」的口吻 |

【例】冷房(れいぼう)が 欲(ほ)しいところ だな。 （這時候該有冷氣啊！）

【例】ビールが 欲(ほ)しいところ だな。 （這時候該有啤酒啊！）

【例】つまみが 欲(ほ)しいところ だな。 （這時候該有下酒菜啊！）

【例】アイディアが 欲(ほ)しいところ だな。（這時候該有靈感啊！）

❹ （女用語）…だけ＋まし＋だわ

女生表達感想的語氣 —— 至少…, 算是不錯的！

表達語氣、情緒説明

「…だけ＋まし＋だわ」是女生表達「…樣的情況, 算是不錯的啦」的語氣。適用於自言自語, 以及平輩、晚輩、熟悉的朋友。まし（相較於…算是不錯的）。

NG！ 不適用正式場合、女性長輩（用女生用語對女性長輩説話, 有不禮貌的感覺）　"だわ"的語氣　「女生表達自己意見」的口吻

【例】うちわがある<u>だけ</u> <u>まし</u> <u>だわ</u>。（至少有扇子, 算是不錯的!）

【例】仕事_{しごと}がある<u>だけ</u> <u>まし</u> <u>だわ</u>。（至少有工作, 算是不錯的!）

【例】お金_{かね}がある<u>だけ</u> <u>まし</u> <u>だわ</u>。（至少有錢, 算是不錯的！）

【例】彼氏_{かれし}がいる<u>だけ</u> <u>まし</u> <u>だわ</u>。（至少有男朋友, 算是不錯的!）

❺ （男用語）…だけ＋まし＋だな

男生表達感想的語氣 —— 至少…, 算是不錯的！

表達語氣、情緒説明

同上。只是語氣較陽剛。

NG！ 不適用長輩、陌生人　"だな"的語氣　「男生表達自己意見」的口氣

【例】うちわがある<u>だけ</u> <u>まし</u> <u>だな</u>。（至少有扇子, 算是不錯的!）

【例】ビールがある<u>だけ</u> <u>まし</u> <u>だな</u>。（至少有啤酒, 算是不錯的!）

【例】借金_{しゃっきん}がない<u>だけ</u> <u>まし</u> <u>だな</u>。（至少沒負債, 算是不錯的!）

【例】病気_{びょうき}がない<u>だけ</u> <u>まし</u> <u>だな</u>。（至少沒生病, 算是不錯的!）

寒<ruby>寒<rt>さむ</rt></ruby>いよ～

天氣好冷喔！

本文<ruby><rt>ほんぶん</rt></ruby>

今日<ruby><rt>きょう</rt></ruby>は、寒<ruby><rt>さむ</rt></ruby>いです。風<ruby><rt>かぜ</rt></ruby>が、ピューピューしています。
（今天）　　（很冷）　　（風）　　　　　（呼呼的吹）

帽子<ruby><rt>ぼうし</rt></ruby>かぶって、マフラーまきます。
（戴上帽子）　　　　　（圍上圍巾）

一人<ruby><rt>ひとり</rt></ruby>の気持<ruby><rt>きも</rt></ruby>ち

❶「寒<ruby><rt>さむ</rt></ruby>くて死<ruby><rt>し</rt></ruby>にそうだ。」い形容詞て形＋死にそうだ

冷死了！

❷「凍<ruby><rt>こご</rt></ruby>えちゃうよ。」動詞＋ちゃう＋よ

會凍僵的！

❸「風<ruby><rt>かぜ</rt></ruby>が冷<ruby><rt>つめ</rt></ruby>たいなあ。」名詞＋が＋い形容詞＋なあ

風好冷啊！

❶ い形容詞て形＋死にそうだ

「誇張形容自己感覺」的語氣

表達語氣、情緒說明

「い形容詞て形／動詞て形＋死にそうだ」是類似中文的「累死了、冷死了」的表達方式，是一種「誇張形容」的語氣。適用於自言自語，以及和熟悉朋友的對話中。死にそうだ（宛如要死掉）。

NG！ 不適用正式場合

【例】寒くて死にそうだ。（冷死了！）

說明 い形容詞	て形	說明
寒い（寒冷）	寒くて	字尾い 變成く＋て

【例】暑くて死にそうだ。（熱死了！）

說明 い形容詞	て形	說明
暑い（炎熱）	暑くて	字尾い 變成く＋て

【例】眠くて死にそうだ。（睏死了！）

說明 い形容詞	て形	說明
眠い（睏的）	眠くて	字尾い 變成く＋て

【例】お腹すいて死にそうだ。（肚子餓死了！）

說明 五段動詞（字尾：く）	て形	說明
お腹すく（肚子餓）	お腹すいて	字尾く 變成い＋て

*除了「い形容詞て形」，也可以用「動詞て形」表達。

❷ 動詞＋ちゃう＋よ

陷入非意料中的慘況

表達語氣、情緒說明

「動詞＋ちゃう＋よ」是「自己、或看到別人陷入意料之外的慘況時，用來描述當下慘況」的語氣。適用於平輩、晚輩、熟人，以及非正式的休閒場合。

| NG！ | 不適用正式場合、長輩、陌生人 |

"ちゃう"的語氣 「發生意料之外的事」的語氣

"よ"的語氣 「說給旁人聽」的語氣

【例】凍えちゃうよ。（會凍僵的！）

說明	下一段動詞 （字尾：e段音＋る）	ちゃう形	說明
	凍える（凍僵）	凍えちゃう	字尾る 變成ちゃう

【例】泣いちゃうよ。（快哭出來了！）

說明	五段動詞（字尾：く）	ちゃう形	說明
	泣く（哭泣）	泣いちゃう	字尾く 變成い＋ちゃう

【例】壊れちゃうよ。（機器會壞掉的！）

說明	下一段動詞 （字尾：e段音＋る）	ちゃう形	說明
	壊れる （失序、錯亂）	壊れちゃう	字尾る 變成ちゃう

【例】無くしちゃうよ。（東西會搞丟的！）

說明	五段動詞（字尾：す）	ちゃう形	說明
	無くす（搞丟）	無くしちゃう	字尾す的i段音し＋ちゃう

❸ 名詞＋が＋い形容詞＋なあ

「表達自己真實感受」的語氣

表達語氣、情緒說明

「名詞＋が＋い形容詞＋なあ」是「說出自己的真實感受」的語氣。除了做自我表達，也有說出來讓別人知道的用意。

NG！	沒有不適用的場合及對象

"なあ"的語氣	「打從心裡這麼想」的語氣

【例】風が冷たいなあ。（風好冷啊！）

說明	名詞	い形容詞
	風（風）	冷たい（冰冷的）

【例】風が涼しいなあ。（風好涼快啊！）

說明	名詞	い形容詞
	風（風）	涼しい（涼快的）

【例】日が暖かいなあ。（太陽好溫暖啊！）

說明	名詞	い形容詞
	日（太陽）	暖かい（溫暖的）

【例】お酒がおいしいなあ。（酒很好喝啊！）

說明	名詞	い形容詞
	お酒（酒）	おいしい（美味的）

風の日
_{かぜ} _ひ
今天風好大！

本文
_{ほんぶん}

今日は、風が強いです。目も、開けられません。
_{きょう} _{かぜ} _{つよ} _め _あ
（今天）　　　（風勢強勁）　　（眼睛也）　　（睜不開）

道には、落ち葉が舞っています。
_{みち} _お _ば _ま
（馬路上）　　　　（落葉紛飛）

一人の気持ち
_{ひとり} _{き も}

❶「風が強いなあ。」名詞＋が＋い形容詞＋なあ
　_{かぜ} _{つよ}
　風好大啊！

❷「目を開けていられない。」動詞て形＋いられない
　_め _あ
　眼睛都睜不開。

❸「もうすぐ冬かあ。」もうすぐ＋名詞＋かあ
　_{ふゆ}
　冬天也快到了耶！

❶ 名詞＋が＋い形容詞＋なあ

「表達自己真實感受」的語氣

表達語氣、情緒說明

「名詞＋が＋い形容詞＋なあ」是「說出自己的真實感受」的語氣。除了做自我表達，也有說出來讓別人知道的用意。

| NG！ | 沒有不適用的場合及對象 |

| "なあ"的語氣 | 「打從心裡這麼想」的語氣 |

【例】風が強いなあ。（風好大啊！）

名詞	い形容詞
風（風）	強い（強勁）

【例】空が青いなあ。（天空好藍啊！）

名詞	い形容詞
空（天空）	青い（藍色的）

【例】空気がおいしいなあ。（空氣好清新啊！）

名詞	い形容詞
空気（空氣）	おいしい（清新）

【例】景色がきれいだなあ。（風景好美啊！）

名詞	な形容詞	說明
景色（風景）	きれい（漂亮、美）	*此字的字尾是「い」，但是屬於「な形容詞」

*如果用「な形容詞」，則用「な形容詞＋だ＋なあ」。

❷ 動詞て形＋いられない

「受到某種因素影響，無法…」的語氣

表達語氣、情緒說明

「動詞て形＋いられない」是表達「因為受到某種因素影響，而無法進行原有的動作，或無法維持原有的態度」的語氣。

| NG！ | 沒有不適用的場合及對象 |

「動詞て形＋いられない"的語氣」「無法做…動作」的語氣

【例】目を開けていられない。（眼睛都睜不開。）

說明	下一段動詞 （字尾：e 段音＋る）	て形	說明
	目を開ける（睜開眼睛）	開けて	字尾る 變成て

【例】顔を上げていられない。（頭抬不起來。）

說明	下一段動詞 （字尾：e 段音＋る）	て形	說明
	顔を上げる（抬頭）	上げて	字尾る 變成て

【例】口を閉じていられない。（無法再保持沉默。）

說明	上一段動詞 （字尾：i 段音＋る）	て形	說明
	口を閉じる（閉上嘴巴）	閉じて	字尾る 變成て

【例】手をこまねいていられない。（無法再袖手旁觀。）

說明	五段動詞（字尾：く）	て形	說明
	手をこまねく （袖手旁觀）	こまねいて	字尾く 變成い＋て

❸ もうすぐ＋名詞＋かあ

感慨的語氣 —— 馬上就是…了啊！

表達語氣、情緒說明

「もうすぐ＋名詞＋かあ」是一種感嘆、感慨的語氣，心想著「馬上就會是…了」。常用於個人抒發自己的情緒。もうすぐ（馬上就會是…）。

NG！ 沒有不適用的場合及對象　　"かあ"的語氣 「感慨很深」的口吻

【例】 <u>もうすぐ</u>冬^{ふゆ}<u>かあ</u>。 （冬天也快到了耶！）

說明	名詞	補充：相關字
	冬（冬天）	秋-あき（秋天）／冬休み-ふゆやすみ（寒假）

【例】 <u>もうすぐ</u>春^{はる}<u>かあ</u>。 （春天也快到了耶！）

說明	名詞	補充：相關字
	春（春天）	夏-なつ（夏天）／夏休み-なつやすみ（暑假）

【例】 <u>もうすぐ</u>卒業^{そつぎょう}<u>かあ</u>。 （馬上也要畢業了耶！）

說明	名詞	補充：相關字
	卒業（畢業）	新学期-しんがっき（新學期）

【例】 <u>もうすぐ</u>大学生^{だいがくせい}<u>かあ</u>。 （馬上就是大學生了耶！）

說明	名詞	補充：相關字
	大学生（大學生）	小学生-しょうがくせい（小學生）

21

なんだろう？

這是什麼？

_{ほんぶん} 本文

今日は、散歩に行きました。知らない木を、
（今天）　　　　　（去散步）　　　　　　　（陌生的樹木）

見つけました。図鑑で、調べています。
（發現了）　　（用圖鑑）　　　（正在查詢）

_{ひとり} 一人の_{きも}気持ち

❶「今日見た木、図鑑で 調べてみよう。」名詞＋で＋調べてみよう
今天看到的樹，用圖鑑查查看吧！

❷「これかなあ。よく似てるけど。」…かなあ。よく＋動詞てる形＋
是這個嗎？倒是很像…　　　　　　　　　　けど

❸「あしたもう一回
　　見に 行ってみよう。」
我明天再去一次看看吧！

あしたもう一回＋動詞ます形＋に＋
行ってみよう

108

❶ 名詞＋で＋調べてみよう

我就利用…來查詢看看吧！

表達語氣、情緒說明

「名詞＋で＋調べてみよう」是「自己決定透過某種方式、試著查詢感興趣的事物」的語氣。多半是自己對自己說、自己做了決定的語氣。
調べてみよう（試著查詢看看吧）。

109

NG！	沒有不適用的場合及對象

【例】今日見た木、図鑑で 調べてみよう。
　　　（今天看到的樹，用圖鑑查查看吧！）

說明	名詞	名詞	名詞
	今日（今天）	木（樹木）	図鑑（百科圖鑑）

上一段動詞 （字尾：i段音＋る）	た形	說明
見る（看見）	見た	字尾る 變成た

【例】今日習った単語、辞書で 調べてみよう。
　　　（今天學到的單字，用字典查查看吧！）

說明	名詞	名詞	名詞
	今日（今天）	単語（單字）	辞書（字典）

五段動詞（字尾：う）	た形	說明
習う（學習）	習った	字尾う 變成った

【例】昨日会った人、インターネットで 調べてみよう。
　　　（昨天遇到的人，用網路查查看吧！）

說明	名詞	名詞	名詞
	昨日（昨天）	人（人）	インターネット（網路）

五段動詞（字尾：う）	た形	說明
会う（遇見）	会った	字尾う 變成った

❷ …かなあ。よく＋動詞てる形＋けど

「雖然有根據，但仍無法確定」的懷疑語氣

表達語氣、情緒說明

「…かなあ。よく＋動詞てる形＋けど」是「雖然…，但仍無法確定」的語氣。適用於平輩、晚輩、以及休閒場合。よく（經常、非常）。

| NG！ | 不適用正式場合、長輩 |

| “かなあ”的語氣 | 「有點懷疑」的口吻 |

【例】これ<u>かなあ</u>。よく似<u>てる</u> <u>けど</u>。（是這個嗎？倒是很像…）

說明	上一段動詞 （字尾：i 段音＋る）	てる形	說明
	似る（相似）	似てる	字尾る 變成てる

【例】これ<u>かなあ</u>。持っ<u>てる</u> <u>けど</u>。（是這個嗎？但我已經有了。）

說明	五段動詞（字尾：つ）	てる形	說明
	持つ（擁有）	持ってる	字尾つ 變成ってる

【例】あの人<u>かなあ</u>。よく知っ<u>てる</u> <u>けど</u>。（是那個人嗎？雖然認識…）

說明	五段動詞（例外字）	てる形	說明
	知る（知道、認識）	知ってる	字尾る 變成ってる

【例】あのこと<u>かなあ</u>。よく覚え<u>てる</u>けど。（是那件事嗎？雖然記得…）

說明	下一段動詞 （字尾：e段音＋る）	てる形	說明
	覚える（記得）	覚えてる	字尾る 變成てる

❸ あしたもう一回（いっかい）＋動詞ます形＋に＋行（い）ってみよう

「明天再去做一次…吧」的語氣

表達語氣、情緒說明

「動詞ます形＋に＋行ってみよう」是「述說自己的計畫、意向」的語氣。適用於平輩、晚輩。あした（明天），もう一回（再一次），行ってみよう（去看看吧）。

NG！ 不適用長輩

【例】あしたもう一回（いっかい）見（み）に 行（い）ってみよう。
　　　（我明天再去一次看看吧！）

說明	上一段動詞（字尾：i 段音＋る）	ます形	說明
	見る（看見）	見	字尾去掉る

【例】あしたもう一回（いっかいしら）調べに 行（い）ってみよう。
　　　（我明天再去調查一次看看吧！）

說明	下一段動詞（字尾：e 段音＋る）	ます形	說明
	調べる（調查、查詢）	調べ	字尾去掉る

【例】あしたもう一回（いっかいた）食べに 行（い）ってみよう。
　　　（我明天再去吃一次看看吧！）

說明	下一段動詞（字尾：e 段音＋る）	ます形	說明
	食べる（吃）	食べ	字尾去掉る

22
やった～！
我學會了！

<ruby>本文<rt>ほんぶん</rt></ruby>

<ruby>自転車<rt>じ てんしゃ</rt></ruby>の、<ruby>練習<rt>れんしゅう</rt></ruby>をしました。<ruby>急<rt>きゅう</rt></ruby>に、
（展開自行車的練習）　　　　　　　（突然）

<ruby>乗<rt>の</rt></ruby>れるようになりました。わあ、<ruby>楽<rt>たの</rt></ruby>しいなあ。
（會騎車了）　　　　　　　　（哇）　　　（好開心）

<ruby>一人<rt>ひとり</rt></ruby>の<ruby>気持<rt>き も</rt></ruby>ち

❶ 「<ruby>見<rt>み</rt></ruby>て<ruby>見<rt>み</rt></ruby>て、<ruby>乗<rt>の</rt></ruby>れるようになった<u>よ</u>。」　見て見て、動詞可能形＋よ
你看你看，我會騎車了！　　　　　　　　　　　　うになった＋よ

❷ 「でき<u>てみると</u><ruby>簡単<rt>かんたん</rt></ruby><u>だなあ</u>。」　動詞てみると＋な形容詞／い形容詞
一旦學會就覺得簡單啊！　　　　　　　　　　＋だなあ

❸ 「<u>どうして</u><ruby>今<rt>いま</rt></ruby><u>まで</u>でき　　どうして今まで＋動詞否定
<u>なかった</u><u>んだろう</u>？」　　　形なかった＋んだろう？
為什麼以前一直都不會呢？

❶ 見て見て、動詞可能形＋ようになった＋よ

「你看你看，我會…了」的語氣

表達語氣、情緒說明

「動詞可能形＋ようになった」是「能夠做…、學會做…」的語氣。適用於平輩、晚輩、熟人，以及休閒場合。見て見て（你看你看）。

NG！	不適用正式場合、長輩、陌生人

"よ"的語氣 「要求別人注意」的語氣

"…ようになった"的語氣 「變成了…」的語氣

【例】見て見て、乗れるようになった よ。
（你看你看，我會騎車了！）

說明	五段動詞 （字尾：o 段音＋る）	可能形	說明
	乗る （騎乘）	乗れる	字尾る的 e 段音れ＋る

【例】見て見て、しゃべれるようになった よ。
（你看你看，我會說了！）

說明	五段動詞（例外字）	可能形	說明
	しゃべる（說、講）	しゃべれる	字尾る的 e 段音れ＋る

【例】見て見て、書けるようになった よ。
（你看你看，我會寫了！）

說明	五段動詞（字尾：く）	可能形	說明
	書く （書寫）	書ける	字尾く的 e 段音け＋る

【例】見て見て、泳げるようになった よ。
（你看你看，我會游泳了！）

說明	五段動詞（字尾：ぐ）	可能形	說明
	泳ぐ （游泳）	泳げる	字尾ぐ的 e 段音げ＋る

❷ 動詞てみると＋な形容詞／い形容詞＋だなあ

有感而發的語氣 —— 做…就覺得…啊！

表達語氣、情緒說明

「動詞てみると＋…＋だなあ」是一種「有所體悟、有感而發」的語氣，表示「一旦做了…，就會自然湧現某種想法」。適用於平輩、晚輩、熟人，也可以是自己單純的抒發感想。動詞てみると（只要一做…）。

| NG！ 不適用正式場合、長輩、陌生人 | "だなあ"的語氣 | 「有感而發」的語氣 |

【例】できて<u>みると</u>簡単（かんたん）<u>だなあ</u>。（一旦學會就覺得簡單啊！）

說明	上一段動詞（字尾：i 段音＋る）	て形	說明
	できる（做得到）	できて	字尾る 變成て

【例】食（た）べて<u>みると</u>おいしい<u>だなあ</u>。（一吃就覺得好吃啊！）

說明	下一段動詞（字尾：e 段音＋る）	て形	說明
	食べる（吃）	食べて	字尾る 變成て

【例】やって<u>みると</u>むずかしい<u>だなあ</u>。（一做就知道很難啊！）

說明	五段動詞（字尾：a 段音＋る）	て形	說明
	やる（做）	やって	字尾る 變成って

【例】使（つか）って<u>みると</u>便利（べんり）<u>だなあ</u>。（一試用就發現很方便啊！）

說明	五段動詞（字尾：う）	て形	說明
	使う（使用）	使って	字尾う 變成って

❸ どうして今まで+動詞否定形なかった+んだろう?

「為什麼以前一直都不…呢」的疑問語氣

表達語氣、情緒說明

「どうして今まで+動詞否定形なかった+んだろう」是「對於以往持續了好長一段時間的行為感到疑問」的語氣。可以是自言自語的發抒感想，也可以說給別人聽。どうして（為什麼），今まで（直到現在）。

NG！　沒有不適用的場合及對象　　"んだろう"的語氣　　「感到疑問」的語氣

【例】どうして今までできなかったんだろう?
　　　（為什麼以前一直都不會呢?）

說明	上一段動詞	否定形なかった	說明
	できる（做得到）	できなかった	字尾る 變成 なかった

【例】どうして今まで気づかなかったんだろう?
　　　（為什麼以前一直都沒發現呢?）

說明	五段動詞（字尾：く）	否定形なかった	說明
	気づく（察覺）	気づかなかった	字尾く的a段音か+なかった

【例】どうして今まで知らなかったんだろう?
　　　（為什麼以前一直都不知道呢?）

說明	五段動詞（例外字）	否定形なかった	說明
	知る（知道）	知らなかった	字尾る的a段音ら+なかった

【例】どうして今までわからなかったんだろう?
　　　（為什麼以前一直都不懂呢?）

說明	五段動詞	否定形なかった	說明
	わかる（了解）	わからなかった	字尾る的a段音ら+なかった

23

・たまにはケンカも・

好朋友偶爾也會吵架…

本文(ほんぶん)

なんか、きげんが悪(わる)そうです。いったい、
（似乎…）　　　　（看起來心情不太好）　　　　（到底）

どうしたのでしょう？友達(ともだち)と、ケンカしたみたいですね。
（是怎麼了呢）　　　（和朋友）　　　　（好像吵架了耶）

一人(ひとり)の気持(きも)ち

❶「なんだよ あいつ、感(かん)じ悪(わる)いなあ。」　なんだよ＋あいつ、…なあ
那個傢伙是什麼啊，真令人討厭！

❷「何(なに)かって言(い)うと　　　　何かって言うと＋すぐ＋
すぐいばるんだから。」　　　動詞＋んだから
動不動就愛擺臭架子。

❸「少(すこ)しは反省(はんせい)してもら　　少しは＋動詞て形＋もら
いたいな。」　　　　　　いたい＋な
他多少該反省一下吧！

❶ なんだよ＋あいつ、…なあ

那個傢伙是什麼啊，真是…

表達語氣、情緒說明

「なんだよあいつ、…なあ」是「心裡對某個人不滿，而感到不舒服」的語氣。適用於平輩、晚輩、熟人，以及非正式的休閒場合。なんだよ（是什麼啊），あいつ（那個傢伙）。

NG！ 不適用正式場合 "なあ"的語氣 「有感而發」的語氣

【例】なんだよ あいつ、感じ悪いなあ。
（那個傢伙是什麼啊，真令人討厭！）

名詞	い形容詞
感じ（感覺、印象）	悪い（糟糕的）

【例】なんだよ あいつ、態度悪いなあ。
（那個傢伙是什麼啊，態度很差耶！）

名詞	い形容詞
態度（態度）	悪い（糟糕的）

【例】なんだよ あいつ、気分悪いなあ。
（那個傢伙是什麼啊，真讓人噁心！）

名詞	い形容詞
気分（心情、身體狀況）	悪い（糟糕的）

【例】なんだよ あいつ、調子いいなあ。
（那個傢伙是什麼啊，真會見風轉舵！）

名詞	い形容詞
調子（應答反應、表現）	いい（好的）

❷ 何かって言うと＋すぐ＋動詞＋んだから

對某人心生不滿的語氣 —— 他動不動就會…

表達語氣、情緒說明

「何かって言うと」是「只要稍微說點什麼」。整句話是「對某人心生不滿，覺得一旦對他說些什麼，他就會立刻…」的語氣。適用於表達自己的想法，或說給旁人聽。すぐ（立即）。

NG！ 不適用正式場合的發言

"んだから" 的語氣 | 「強調某種行為、狀況」的口吻

【例】何かって言うと すぐいばるんだから。
　　　（動不動就愛擺臭架子。）

說明	五段動詞（字尾：a 段音＋る）	補充：五段動詞（字尾：a 段音＋る）
	いばる（擺架子、驕傲自大）	怒鳴る - どなる（大聲嚷嚷）

【例】何かって言うと すぐ泣くんだから。
　　　（動不動就愛哭。）

說明	五段動詞（字尾：く）	補充：五段動詞（字尾：u 段音＋る）
	泣く（哭泣）	猫かぶる - ねこかぶる（裝乖）

【例】何かって言うと すぐ怒るんだから。
　　　（動不動就發脾氣。）

說明	五段動詞（字尾：o 段音＋る）	補充：五段動詞（字尾：す）
	怒る（生氣）	騙す - だます（欺騙）

【例】何かって言うと すぐ切れるんだから。
　　　（動不動就情緒抓狂。）

說明	下一段動詞（字尾：e 段音＋る）	補充：サ行動詞（字尾：する）
	切れる（情緒失控）	口答えする - くちごたえする（頂嘴）

❸ 少^{すこ}しは＋動詞て形＋もらいたい＋な

「希望對方該要做些什麼」的語氣

表達語氣、情緒說明

「少しは＋動詞て形＋もらいたい＋な」是「希望某人稍微做些什麼」的語氣。用於表達自己的想法，或說給旁人聽。少しは（稍微）。

NG！ 不適用正式場合，以及不適合在他人面前說別人壞話

"少しは…"的語氣 「希望某人要稍微做些什麼」的語氣

"な"的語氣 「表達自己感想」的語氣

【例】 少^{すこ}しは反省^{はんせい}してもらいたい な。（他多少該反省一下吧！）

說明	サ行動詞（字尾：する）	て形	說明
	反省する（反省）	反省して	字尾る 變成して

【例】 少^{すこ}しは改善^{かいぜん}してもらいたい な。（他多少該改進一下吧！）

說明	サ行動詞（字尾：する）	て形	說明
	改善する（改進）	改善して	字尾る 變成して

【例】 少^{すこ}しは自覚^{じかく}してもらいたい な。（他多少該有點自覺吧！）

說明	サ行動詞（字尾：する）	て形	說明
	自覚する（有自覺）	自覚して	字尾る 變成して

【例】 少^{すこ}しは節約^{せつやく}してもらいたい な。（他多少該節省一點吧！）

說明	サ行動詞（字尾：する）	て形	說明
	節約する（節儉）	節約して	字尾る 變成して

24

新<ruby>あたら</ruby>しい友達<ruby>ともだち</ruby>

新朋友

本文<ruby>ほんぶん</ruby>

新<ruby>あたら</ruby>しい、友達<ruby>ともだち</ruby>に会<ruby>あ</ruby>いました。とっても、
（遇見新朋友）　　　　　　　　　　　　（非常）

気<ruby>き</ruby>が合<ruby>あ</ruby>います。家<ruby>うち</ruby>で、いっしょに遊<ruby>あそ</ruby>びます。
（合得來）　　　（在家裡）　　　　　　（一起玩）

二人<ruby>ふたり</ruby>の会話<ruby>かいわ</ruby>

❶「面白<ruby>おもしろ</ruby>い 話<ruby>はなし</ruby>、もっとある よ。」い形容詞＋名詞、＋もっとある＋よ
還有很多有趣的話題唷！

❷「ねえ、家<ruby>うち</ruby>に来<ruby>き</ruby>て遊<ruby>あそ</ruby>ぼう よ。」ねえ、…来て＋動詞意量形＋よ
嘿，來我家玩吧！

❸「わたしの家<ruby>うち</ruby>、あっちだよ。」…、＋代名詞＋だよ
我的家，是在那邊唷！

❶ い形容詞＋名詞、＋もっとある＋よ

暗示對方的語氣 ── 還有很多…唷！

表達語氣、情緒說明

「い形容詞＋名詞、＋もっとある＋よ」表面的意思是
「暗示對方還有很多…唷」，實際上是一種「邀請朋友一
起玩」的語氣。適用於熟人及好朋友。もっとある（還有
很多）。

| NG！ | 不適用陌生人、不想跟你往來的人 | "よ"的語氣 | 「提醒對方」的口吻 |

【例】面白い 話、<u>もっとある</u> よ。（還有很多有趣的話題唷！）

說明	い形容詞	名詞
	面白い（有趣的）	話（話題）

【例】面白い遊び、<u>もっとある</u> よ。（還有很多有趣的遊戲唷！）

說明	い形容詞	名詞
	面白い（有趣的）	遊び（遊戲）

【例】面白い番組、もっとある よ。（還有很多有趣的節目唷！）

說明	い形容詞	名詞
	面白い（有趣的）	番組（電視節目）

【例】おいしい 料理、<u>もっとある</u> よ。（還有很多好吃的料理唷！）

說明	い形容詞	名詞
	おいしい（美味的）	料理（菜餚、料理）

❷ ねえ、…来て＋動詞意量形＋よ

邀約的語氣 ── 來…做…吧！

表達語氣、情緒說明

「ねえ、…来て＋動詞意量形＋よ」是一種「明確的邀約，並認為對方會同意」的語氣。適用於熟識的朋友，「来て‐きて」（來）是「来る‐くる」的「て形」。

| NG！ | 不適用長輩、還不熟識的朋友 |

| "ねえ"的語氣 | 出聲叫對方、引起注意 |

| "よ"的語氣 | 「確定對方會答應」的邀請口吻 |

【例】ねえ、家に来て遊ぼうよ。（嘿，來我家玩吧！）

說明	五段動詞（字尾：ぶ）	意量形	說明
	遊ぶ（遊玩）	遊ぼう	字尾ぶ的 O 段音ぼ＋う

【例】ねえ、家に来て話そうよ。（嘿，來我家聊天吧！）

說明	五段動詞（字尾：す）	意量形	說明
	話す（說話、聊天）	話そう	字尾す的 O 段音そ＋う

【例】ねえ、家に来て飲もうよ。（嘿，來我家喝東西吧！）

說明	五段動詞（字尾：む）	意量形	說明
	飲む（喝）	飲もう	字尾む的 O 段音も＋う

【例】ねえ、家に来てテレビ見ようよ。（嘿，來我家看電視吧！）

說明	上一段動詞 （字尾：i 段音＋る）	意量形	說明
	見る（看）	見よう	字尾る 變成よう

❸ …、＋代名詞＋だよ

對熟識朋友的簡述表達 ── …，是某一邊、某一個唷！

表達語氣、情緒說明

「…、＋代名詞＋だよ」是非常簡單的表達語句，利用代名詞：あっち（那邊）、こっち（這邊）、これ（這個）、それ（那個）等，來做簡述表達。適用於熟識的朋友。

NG！ 不適用正式場合、陌生人

"だよ"的語氣 「提醒對方」的語氣

【例】 わたしの家（うち）、あっち<u>だよ</u>。 （我的家，是在那邊唷！）

說明	名詞	代名詞	補充字
	家（家）	あっち（較遠的那邊）	そっち（較近的那邊）

【例】 わたしの家（うち）、こっち<u>だよ</u>。 （我的家，是在這邊唷！）

說明	名詞	代名詞	補充字
	家（家）	こっち（這邊）	どっち（哪一邊）

【例】 わたしの傘（かさ）、これ<u>だよ</u>。 （我的傘，是這一把唷！）

說明	名詞	代名詞	補充字
	傘（雨傘）	これ（這個）	どれ（哪一個）

【例】 あなたのかばん、それ<u>だよ</u>。 （你的包包，是那個唷！）

說明	名詞	代名詞	補充字
	かばん（包包）	それ（較近的那個）	あれ（較遠的那個）

25

ふむふむ

嗯嗯嗯，原來如此！

本文
（ほんぶん）

公園のベンチに、新聞が。ちょっと、
（こうえん）（公園的長椅上）　（しんぶん）（有報紙）　（稍微）

読んでみました。なかなか、おもしろいです。
（よ）（試著讀了一下）　（相當地）　（有趣）

二人の会話
（ふたり）（かいわ）

❶「ふむふむ。なるほど。」ふむふむ。........
嗯嗯…瞭解了，原來如此！

❷「この記事も面白いよ。」この…＋も＋い形容詞＋よ
（きじ）（おもしろ）
這篇報導也很有趣唷！

❸「そっち、読んだら見せて。」…、動詞たら形＋動詞て形
（よ）（み）
那邊的，你讀完後給我看。

❶ ふむふむ。……

嗯嗯…，瞭解某種內容的語氣

表達語氣、情緒說明

「ふむふむ。……」是「瞭解某種內容」、或是「理解對方所說的話之後」所發出的語氣詞。類似「點頭贊同」的感覺。適用於陳述個人感想，或對旁人表達。ふむふむ（嗯嗯…，知道了）。

NG！	沒有不適用的場合、對象
"ふむふむ"的語氣	「點頭同意、贊同」的語氣

【例】 <u>ふむふむ</u>。なるほど。 （嗯嗯…瞭解了，原來如此！）

說明	回應語	說明
	なるほど（原來如此）	*聽完對方說明後，自己表示理解或同意

【例】 <u>ふむふむ</u>。そうか。 （嗯嗯…是這樣唷！）

說明	回應語	說明
	そうか（是這樣唷）	*「そうですか」的口語說法

【例】 <u>ふむふむ</u>。よくわかった。 （嗯嗯…我完全了解了！）

說明	五段動詞 （字尾：a段音＋る）	た形	說明
	よくわかる （非常了解）	よくわかった	字尾る 變成っ＋た

【例】 <u>ふむふむ</u>。それで？ （嗯嗯…然後呢？）

說明	回應語	說明
	それで（然後呢）	*聽完對方的陳述後，催促對方繼續話題

❷ この…＋も＋い形容詞＋よ

推薦東西給對方 ── 這個…也很…唷！

表達語氣、情緒說明

「この…＋も＋い形容詞＋よ」是一種「簡潔實用的推薦語氣」，適用於平輩、晚輩、熟人，以及非正式的休閒場合。この（這個）是「連體詞」，後面要接「名詞」。も（也）。

NG！ 不適用正式場合、長輩、陌生人

"よ"的語氣 「提醒對方」的口吻

【例】この記事も面白いよ。（這篇報導也很有趣唷！）

説明	名詞	い形容詞
	記事（報導）	面白い（有趣的）

【例】この雑誌も面白いよ。（這本雜誌也很有趣唷！）

説明	名詞	い形容詞
	雑誌（雜誌）	面白い（有趣的）

【例】この料理もおいしいよ。（這道菜也很好吃唷！）

説明	名詞	い形容詞
	料理（菜餚）	おいしい（美味的）

【例】この服も安いよ。（這件衣服也很便宜唷！）

説明	名詞	い形容詞
	服（衣服）	安い（便宜的）

❸ ⋯、動詞たら形＋動詞て形

請求對方的語氣 —— 做完⋯之後要做⋯

表達語氣、情緒說明

「⋯、動詞たら＋動詞て形」是「希望對方做完⋯之後，要記得做⋯」的語氣。適用於平輩、晚輩、熟人，以及非正式的休閒場合。

| NG！| 不適用正式場合、長輩、陌生人 |

| "動詞たら形"的語氣 | 做、完成⋯之後 | "動詞て形"的語氣 | 請求對方做⋯ |

【例】そっち、読んだら見せて。（那邊的，你讀完後給我看。）

說明	五段動詞（字尾：む）	たら形	說明
	読む（閱讀）	読んだら（讀完後）	字尾む 變成ん＋だら

	下一段動詞（字尾：e段音＋る）	て形	說明
	見せる（讓某人看）	見せて	字尾る 變成て

【例】それ、使ったら返して。（那個，你用完後要還我。）

說明	五段動詞（字尾：う）	たら形	說明
	使う（使用）	使ったら（用完後）	字尾う 變成っ＋たら

	五段動詞（字尾：す）	て形	說明
	返す（歸還）	返して	字尾す 變成し＋て

【例】これ、聞いたら忘れて。（這個，你聽完後就忘了吧。）

說明	五段動詞（字尾：く）	たら形	說明
	聞く（聽）	聞いたら（聽完後）	字尾く 變成い＋たら

	下一段動詞（字尾：e段音＋る）	て形	說明
	忘れる（忘記）	忘れて	字尾る 變成て

26

・ふう　つかれたよ・

呼～好累！

本文
（ほんぶん）

運動は、気持ちいいです。体が、ぽかぽかです。
（做運動）　　（感覺很舒服）　　（身體）　　（暖呼呼的）

でも　ちょっと、疲れました。
（不過）　（有一點）　　（累了）

一人の気持ち
（ひとり）（きも）

❶「ふう。ずいぶん走ったな。」（男用語）ふう。ずいぶん＋動詞た形＋な
　（男用語）呼～跑了好久！

❷「ふう。ずいぶん走ったわね。」（女用語）ふう。ずいぶん＋動詞た形＋わね
　（女用語）呼～跑了好久！

❸「ここらで一休みしようかな。」ここら＋で＋動詞意量形＋かな
　該在這裡休息一下。

❹「汗でびしょびしょだ。」名詞＋で＋擬態語＋だ
　全身流汗，濕透了。

128

❶ （男用語）ふう。ずいぶん＋動詞た形＋な

「呼～做了好多…」的語氣

表達語氣、情緒說明

「ふう。ずいぶん＋動詞た形＋な」是「做了好多…、吃了好多…、做了好久…之後，自己大喘一口氣」的讚嘆語氣。適用於發抒感想，或說給別人聽。ずいぶん（相當多的）。

NG！ 不適用正式場合、長輩、陌生人 "ふう"的語氣 「呼～」大大的吐一口氣 "な"的語氣 「男性表達自己感想」的語氣 "ふう...な"的語氣 「喘口氣，停下來看看做了多少」的口吻

【例】ふう。ずいぶん走ったな。（呼～跑了好久！）

說明	五段動詞（例外字）	た形	說明
	走る（跑步）	走った	字尾る 變成った

【例】ふう。ずいぶん歩いたな。（呼～走了好久！）

說明	五段動詞（字尾：く）	た形	說明
	歩く（走路）	歩いた	字尾く 變成いた

【例】ふう。ずいぶん仕事したな。（呼～做了好多工作！）

說明	サ行動詞（字尾：する）	た形	說明
	仕事する（工作）	仕事した	字尾する 變成した

【例】ふう。ずいぶん食べたな。（呼～吃了好多！）

說明	下一段動詞（字尾：e段音＋る）	た形	說明
	食べる（吃）	食べた	字尾る 變成た

❷ （女用語）ふう。ずいぶん＋動詞た形＋わね

「呼〜做了好多…」的語氣

表達語氣、情緒說明

「ふう。ずいぶん＋動詞た形＋な」是「做了好多…、吃了好多…、做了好久…之後，自己大喘一口氣」的讚嘆語氣。適用於發抒感想，或說給別人聽。ずいぶん（相當多的）。

NG！ 不適用正式場合、長輩、陌生人　"ふう"的語氣 「呼〜」大吐一口氣

"わね"的語氣 「女性表達自己感想」的語氣

"ふう...わね"的語氣 「喘口氣，停下來看看做了多少」的口吻

【例】ふう。ずいぶん走ったわね。（呼〜跑了好久！）

說明 五段動詞（例外字）	た形	說明
走る（跑步）	走った	字尾る 變成った

【例】ふう。ずいぶん買い物したわね。（呼〜買好多東西！）

說明 サ行動詞（字尾：する）	た形	說明
買い物する（購物）	買い物した	字尾する 變成した

【例】ふう。ずいぶん片付いたわね。（呼〜整理得好乾淨！）

說明 五段動詞（字尾：く）	た形	說明
片付く（收拾）	片付いた	字尾く 變成いた

【例】ふう。ずいぶんできてきたわね。（呼〜完成了不少！）

說明 カ行動詞	た形	說明
できてくる（完成）	できてきた	字尾くる 變成きた

❸ ここら＋で＋動詞意量形＋かな

述說自己的打算 —— 該在這裡做…吧！

表達語氣、情緒說明

「ここら＋で＋動詞意量形＋かな」是「稍做思考後，自己決定在這裡做…吧」的語氣。適用於發抒感想，或說給別人聽。ここら（這裡這樣的地方）。

NG！ 當自己沒有決定權時不適用

"かな"的語氣 「表達自己的打算」、「想想後決定這麼做吧」的口吻

【例】 ここら で一休みしよう かな。（該在這裡休息一下。）

說明	サ行動詞（字尾：する）	意量形	說明
	一休みする （休息一下）	一休みしよう	字尾する 變成しよう

【例】 ここら で一服しよう かな。（該在這裡喝杯茶、休息一下。）

說明	サ行動詞（字尾：する）	意量形	說明
	一服する （喝茶抽菸休息一下）	一服しよう	字尾する 變成しよう

【例】 ここら でお昼にしよう かな。（該在這裡吃中餐。）

說明	サ行動詞（字尾：する）	意量形	說明
	お昼にする （吃午餐）	お昼にしよう	字尾する 變成しよう

【例】 ここら で終わりにしよう かな。（該在這裡做個結束。）

說明	サ行動詞（字尾：する）	意量形	說明
	終わりにする （做個結束）	終わりにしよう	字尾する 變成しよう

❹ 名詞＋で＋擬態語＋だ

用擬態語描述一種狀況

表達語氣、情緒說明

「名詞＋で＋擬態語＋だ」是非常簡單的表達語氣，只要運用正確的擬態語，就能貼切傳神的描述某種狀況。適用於發抒感想，或說給別人聽。
適用於非正式的休閒場合。

> **NG！** 不適用正式場合的發言
>
> **"だ"的語氣** 「確定、斷定」的語氣

【例】汗_{あせ}でびしょびしょだ。（全身流汗，濕透了。）

說明	名詞	擬態語
	汗（汗）	びしょびしょ（因為雨水、汗水而濕透的樣子）

【例】雨_{あめ}でびしょびしょだ。（被雨淋濕，全身濕透了。）

說明	名詞	擬態語
	雨（雨）	びしょびしょ（因為雨水、汗水而濕透的樣子）

【例】汗_{あせ}でベタベタだ。（身上的汗黏答答的。）

說明	名詞	擬態語
	汗（汗）	ベタベタ（因為流汗而黏答答的樣子）

【例】仕事_{しごと}でくたくただ。（工作到精疲力盡。）

說明	名詞	擬態語
	仕事（工作）	くたくた（力氣用盡、非常疲憊的樣子）

27
とりあい
搶來搶去，誰也不讓！

ほんぶん
本文

雑誌を、取り合って　ケンカ。　どっちも、ゆずりません。
（互相搶雑誌，然後…）　（吵架）　（任一方都）　（不退讓）

なかよく、いっしょに見れば　いいのに。
（融洽地）　　（一起看的話）　　（不是很好嗎）

ふたり　かいわ
二人の会話

❶「ボクが　先に見るんだ。」（男用語）僕／俺＋が＋先に＋動詞原形＋
（男用語）我先看！　　　　　　　　　んだ

❷「いや、あたしが　先に見るの。」（女用語）いや、あたし＋が＋先に
（女用語）不！我要先看。　　　　　　　＋動詞原形＋の

❸「よこせよ。」（男用語）動詞命令形＋よ
（男用語）給我拿來！

❹「イヤだって　言ってる　でしょ。」…だって＋言ってる＋でしょ
我説了"不要"。

❶（男用語）僕／俺＋が＋先に＋動詞原形＋んだ

男生很堅決的說：我先…！

表達語氣、情緒說明

「僕」（ボク）和「俺」（オレ）都是男生自稱"我"的語氣。「僕／俺＋が＋先に＋動詞原形＋んだ」是男生用語，語氣十分堅決，表達「我一定要先…」的意思。適用於平輩、晚輩、熟人，以及非正式的休閒場合。先に（優先）。

NG！ 不適用正式場合、長輩、陌生人 ｜ "んだ"的語氣 「確定、堅決」的口吻

【例】ボクが 先に見るんだ。（我先看！）

說明 名詞	上一段動詞（字尾：i 段音＋る）
ボク（男性的自稱，適用於平輩、晚輩，較少使用於正式場合，語氣比「オレ」有禮貌）	見る（看）

【例】ボクが 先に使うんだ。（我先用！）

說明 名詞	五段動詞（字尾：う）
ボク（同上）	使う（使用）

【例】オレが 先に食べるんだ。（我先吃！）

說明 名詞	下一段動詞（字尾：e 段音＋る）
オレ（男性的自稱，適用於熟識朋友、晚輩，不適用正式場合）	食べる（吃）

【例】先輩が 先に帰るんだ。（前輩決定要先回去。）

說明 名詞	五段動詞（例外字）
先輩（前輩）	帰る（回去）

*主詞可以更換為其他名詞，整句仍然是男生說的堅決語氣。

❷ （女用語）いや、あたし＋が＋先^{さき}に＋動詞原形＋の

女生很堅決的說：不，我先…！

表達語氣、情緒說明

「あたし」是女生自稱 "我" 的語氣。「いや、あたし＋が＋先に＋動詞原形＋の」是女生用語，語氣十分堅決，表達「不，由我先…」的意思。適用於平輩、晚輩、熟人，以及非正式的休閒場合。先に（優先）。

| NG！ | 不適用正式場合、長輩、陌生人 | "いや" 的語氣 | 「否定對方」的口吻 |

"の" 的語氣 ── 強調的語氣，男女皆可使用

"いや…の" 的語氣 ── 否定對方的意見，強調自己的主張

【例】いや、あたしが 先^{さき}に見^みるの。（不！我要先看。）

說明	名詞	上一段動詞（字尾：i 段音＋る）
	あたし(女性的自稱，適用於輕鬆休閒的場合)	見る（看）

【例】いや、あたしが 先^{さき}に使^{つか}うの。（不！我要先用。）

說明	名詞	五段動詞（字尾：う）
	あたし（同上）	使う（使用）

【例】いや、あなたが 先^{さき}にやるの。（不！你先做。）

說明	名詞	五段動詞（字尾：a 段音＋る）
	あなた（你，稱呼說話的對象。不適用於父母親、長輩、或上司）	やる（做）

*主詞可以更換為其他名詞，整句仍然是女生說的堅決語氣。

【例】いや、女性^{じょせい}が 先^{さき}に座^{すわ}るの。（不！女生要先坐。）

說明	名詞	五段動詞（字尾：a 段音＋る）
	女性（女生）	座る（坐）

❸ （男用語）動詞命令形＋よ

男性口吻的命令語氣 —— 你給我做…！

表達語氣、情緒說明

「動詞命令形＋よ」是沒有禮貌的命令語氣，屬於男生用語。適用於可以不在乎禮貌、可以命令的人。

| NG！ | 不適用須注重禮貌的場合、不可以命令的人 |

| "よ" 的語氣 | 斷定的口吻 |

【例】よこせよ。（給我拿來！）

說明	五段動詞（字尾：す）	命令形	說明
	よこす（拿過來）	よこせ	字尾變成す的 e 段音せ

【例】返せよ。（給我還來！）

說明	五段動詞（字尾：す）	命令形	說明
	返す（歸還）	返せ	字尾變成す的 e 段音せ

【例】貸せよ。（快借我！）

說明	五段動詞（字尾：す）	命令形	說明
	貸す（借別人某物）	貸せ	字尾變成す的 e 段音せ

【例】買えよ。（你給我買下來！）

說明	五段動詞（字尾：う）	命令形	說明
	買う（購買）	買え	字尾變成う的 e 段音え

*強迫推銷的業務員（押し売り-おしうり）所說的話。

❹ …だって＋言ってる＋でしょ

主張自己意見的語氣 —— 我已經說了…

表達語氣、情緒說明

「…だって＋言ってる＋でしょ」是「提醒對方、並再次強調自己意見」的語氣。適用於平輩、晚輩、熟人，以及非正式的休閒場合。言ってる（已經說了）。

| NG！ | 不適用正式場合、長輩、陌生人 | "だって"的語氣 | 強調的口吻 |

"でしょ"的語氣 稍微溫和的提醒對方，類似「不是嗎？」

【例】イヤだって 言ってる でしょ。（我說了 "不要"。）

說明	な形容詞	補充：な形容詞
	イヤ（不要、厭惡）	だめ（做不到、行不通）

【例】キライだって 言ってる でしょ。（我說了 "討厭"。）

說明	な形容詞	補充：な形容詞
	キライ（討厭、不喜歡）	大嫌い-だいきらい（非常討厭）

【例】好きだって 言ってる でしょ。（我說了 "喜歡"。）

說明	な形容詞	補充：な形容詞
	好き（喜歡）	無理-むり（不可能）

【例】知らないんだって 言ってる でしょ。（我說了 "不知道"。）

說明	五段動詞（例外字）	否定形	說明
	知る（知道）	知らない	字尾る的 a 段音ら＋ない

*口語中，日本人通常說「知らないんだって」

28
ぱしゃぱしゃ
啪啪，洗臉好舒服～

本文
<small>ほんぶん</small>

朝起きて、顔を洗います。冷たくて、
<small>あさお</small>　　　<small>かお　あら</small>　　　　　<small>つめ</small>
（早上起床後）　　　　（洗臉）　　　　　　（冰冰涼涼）

気持ちいいです。とても、スッキリします。
<small>き も</small>
（很舒服）　　　　　（非常）　　　　　（暢快）

一人の気持ち
<small>ひとり　き も</small>

❶ 「ぱしゃぱしゃ。気持ちいいなあ。」擬聲擬態語。＋い形容詞＋なあ
<small>き も</small>
啪啪，感覺好舒服！

❷ 「冷たくて目が覚めるなあ。」い形容詞て形＋動詞原形＋なあ
<small>つめ　　　め さ</small>
好冰涼，整個人都清醒了啊！

❸ 「あー、スッキリした。」あー、＋動詞た形
啊～好暢快！

❶ 擬聲擬態語。＋い形容詞＋なあ

透過「聲音、樣態」，更傳神表達自己的感覺

表達語氣、情緒說明

「擬聲擬態語。＋い形容詞＋なあ」是藉由「擬聲語」或「擬態語」來象徵某一樣東西，並加上自己的感覺的表達法。是一種自言自語的語氣，也適用於說給別人聽。

NG！ 沒有不適用的場合、對象

"なあ"的語氣 「感嘆、讚嘆」的口吻

【例】ぱしゃぱしゃ。気持ちいいなあ。（啪啪，感覺好舒服！）

說明 擬聲擬態語	い形容詞
ぱしゃぱしゃ（拍打水的聲音）	気持ちいい（很舒服）

【例】ぱしゃぱしゃ。楽しいなあ。（啪啪，玩水好開心！）

說明 擬聲擬態語	い形容詞
ぱしゃぱしゃ（拍打水的聲音）	楽しい（開心）

【例】べたべた。気持ち悪いなあ。（流汗黏答答的，感覺不舒服！）

說明 擬聲擬態語	い形容詞
べたべた（流汗黏答答的樣子）	気持ち悪い（不舒服）

【例】ぴかぴか。キレイだなあ。（打掃得亮晶晶，好乾淨！）

說明 擬聲擬態語	な形容詞
ぴかぴか（有光澤、亮晶晶的樣子）	キレイ（乾淨）

*如果是「な形容詞」，必須是「キレイ＋だ＋なあ」

❷ い形容詞て形＋動詞原形＋なあ

透過「動作形容」，更傳神表達自己的感覺

表達語氣、情緒說明

「い形容詞て形＋動詞原形＋なあ」是透過「動作的形容」，更傳神的表達自己的感覺。適用於自己發抒感想，或說給別人聽。

| NG！ | 沒有不適用的場合、對象 |

| "なあ"的語氣 | 「感嘆、讚嘆」的口吻 |

【例】冷たくて目が覚めるなあ。(好冰涼, 整個人都清醒了啊！)

說明	い形容詞	て形	說明
	冷たい（冰涼）	冷たくて	字尾い 變成く＋て

【例】寒くて手がかじかむなあ。（冷到手快要凍僵了啊！）

說明	い形容詞	て形	說明
	寒い（寒冷）	寒くて	字尾い 變成く＋て

【例】暑くて頭がボケるなあ。（熱到腦袋昏沉沉的啊！）

說明	い形容詞	て形	說明
	暑い（炎熱）	暑くて	字尾い 變成く＋て

【例】おいしくて舌がとろけるなあ。(好吃到舌頭都要融化了啊！)

說明	い形容詞	て形	說明
	おいしい（美味）	おいしくて	字尾い 變成く＋て

❸ あー、＋動詞た形

「抒發自己強烈感覺」的語氣

表達語氣、情緒說明

「あー、＋動詞た形」是一種「簡短有力、抒發自己感覺」的語氣，所抒發的，多半是好的感覺。適用於自己不加修飾的有感而發，也適用於說給別人聽。

NG！ 沒有不適用的場合、對象

"あー"的語氣 「有感而發」的口吻

【例】<u>あー</u>、スッキリ<u>した</u>。（啊～好暢快！）

說明	サ行動詞（字尾：する）	た形	說明
	スッキリする（舒暢）	スッキリした	字尾する 變成した

【例】<u>あー</u>、ガッカリ<u>した</u>。（啊～好失望！）

說明	サ行動詞（字尾：する）	た形	說明
	ガッカリする（失望）	ガッカリした	字尾する 變成した

【例】あー、満腹^{まんぷく}<u>した</u>。（啊～吃得好飽！）

說明	サ行動詞（字尾：する）	た形	說明
	満腹する（飽脹）	満腹した	字尾する 變成した

【例】<u>あー</u>、のんびり<u>した</u>。（啊～好悠哉！）

說明	サ行動詞（字尾：する）	た形	說明
	のんびりする（悠閒）	のんびりした	字尾する 變成した

車酔い
暈車

本文
（ほんぶん）

車に、酔いました。気分が、悪いです。
（くるま）（よ）　　　　　（き ぶん）（わる）
（暈車了）　　　　　（身體不舒服）

目も、回ります。
（め）（まわ）
（也頭暈目眩）

一人の気持ち
（ひとり）（き も）

❶「なんかフラフラだ。」なんか＋な形容詞＋だ

總覺得頭昏眼花。

❷「目が回るなあ。」名詞＋が＋動詞原形＋なあ
（め）（まわ）

我覺得頭暈暈的。

❸「車に酔ったかな。」動詞た形＋かな
（くるま）（よ）

我是不是暈車了？

❶ なんか＋な形容詞＋だ

不知道怎麼了，總覺得…

表達語氣、情緒說明

「なんか＋な形容詞＋だ」是「描述自己感覺，但又多加上一點疑惑」的語氣。適用於自己的有感而發，或對別人傳達自己的感覺。なんか（總覺得）。

NG！ 不適合表達個人感想的場合

"なんか"的語氣 「不知道為什麼」的口吻

【例】なんかフラフラだ。（總覺得頭昏眼花。）

說明 な形容詞	補充：其他な形容詞
フラフラ （頭昏眼花）	イヤ（厭惡）／憂鬱 - ゆううつ（憂鬱）

【例】なんかクタクタだ。（總覺得精疲力盡。）

說明 な形容詞	補充：其他な形容詞
クタクタ （力氣用盡）	元気 - げんき（有精神）／不幸 - ふこう（不幸）

【例】なんか退屈だ。（總覺得有點無聊。）

說明 な形容詞	補充：其他な形容詞
退屈（無聊）	不安 - ふあん（內心不安）／変 - へん（奇怪）

【例】なんか不思議だ。（總覺得很不可思議。）

說明 な形容詞	補充：其他な形容詞
不思議（奇怪）	幸せ - しあわせ（幸福）／好き - すき（喜歡）

❷ 名詞＋が＋動詞原形＋なあ

描述自己的某種狀況

表達語氣、情緒說明

「名詞＋が＋動詞原形＋なあ」是透過「名詞＋が＋動詞原形」來「描述某種特定狀況」。是一種自言自語的語氣，也適用於說給別人聽。

NG！	沒有不適用的場合、對象

"なあ"的語氣	「表達自己感覺」的口吻

144

【例】目が回るなあ。（我覺得頭暈目眩的。）

說明	名詞	五段動詞（字尾：a 段音＋る）
	目（眼睛）	回る（暈眩）

【例】目が疲れるなあ。（我覺得眼睛疲勞。）

說明	名詞	下一段動詞（字尾：e 段音＋る）
	目（眼睛）	疲れる（疲勞）

【例】肩が凝るなあ。（我覺得肩膀僵硬。）

說明	名詞	五段動詞（字尾：o 段音＋る）
	肩（肩膀）	凝る（凝固、僵硬）

【例】お腹が張るなあ。（我覺得肚子脹脹的。）

說明	名詞	五段動詞（字尾：a 段音＋る）
	お腹（肚子）	張る（膨脹）

❸ 動詞た形＋かな

自己猜想原因，我是不是…

表達語氣、情緒說明

「動詞た形＋かな」是「有一點懷疑、自己猜想原因」的語氣。是一種自言自語的語氣，也適用於說給別人聽。

| NG！ | 沒有不適用的場合、對象 |

| "かな"的語氣 | 「帶著懷疑」的口吻 |

【例】 車（くるま）に酔（よ）った<u>かな</u>。（我是不是暈車了？）

說明	五段動詞（字尾：う）	た形	說明
	車に酔う（暈車）	車に酔った	字尾 う 變成 った

【例】 酒（さけ）に酔（よ）った<u>かな</u>。（我是不是喝醉了？）

說明	五段動詞（字尾：う）	た形	說明
	酒に酔う（喝醉）	酒に酔った	字尾 う 變成 った

【例】 勉強（べんきょう）に疲（つか）れた<u>かな</u>。（我是不是讀書太累了？）

說明	下一段動詞 （字尾：e段音＋る）	た形	說明
	勉強に疲れる （讀書疲憊）	勉強に疲れた	字尾 る 變成 た

【例】 仕事（しごと）に慣（な）れた<u>かな</u>。（我是不是習慣了這份工作？）

說明	下一段動詞 （字尾：e段音＋る）	た形	說明
	仕事に慣れる （工作習慣）	仕事に慣れた	字尾 る 變成 た

30

食(た)べてビックリ！

哇～怎麼這麼辣！

本文(ほんぶん)

つまみ食(ぐ)い、大好(だいす)きな彼女(かのじょ)。この赤(あか)いの、
（偷吃東西）　（她最愛了）　（這個紅色的）

ピーマン？食(た)べて、ビックリ！
（紅椒）　（吃了之後）　（嚇一跳）

一人(ひとり)の気持(きも)ち

❶「ヒーッ。辛(から)いわ これ。」（女用語）ヒーッ。い形容詞＋わ＋これ
（女用語）呀！這太辣了吧！

❷「ヒーッ。辛(から)いぞ これ。」（男用語）ヒーッ。い形容詞＋ぞ＋これ
（男用語）哎呀！這個好辣。

❸「お水(みず)が飲(の)みたい よ。」名詞＋が＋動詞たい形＋よ
我好想喝水唷。

❹「辛(から)くて 涙(なみだ) が出(で)た よ。」い形容詞て形＋涙が出た＋よ
辣到哭出來了。

❶ （女用語）ヒーッ。い形容詞＋わ＋これ

意外狀況的驚嚇語氣 ── 呀！這太…了吧！

表達語氣、情緒說明

「ヒーッ。い形容詞＋わ＋これ」是女生用語，是遇到意想不到的狀況時，所產生的驚嚇心情。適用於自己不加修飾的有感而發，也適用於說給別人聽。これ（這個）。

NG！ 不適用嚴謹、正式的場合　　"ヒーッ"的語氣 「驚嚇又尖叫」的口吻

"わ"的語氣 「女生表達感想」的口吻

【例】ヒーッ。辛^{から}いわ これ。（呀！這太辣了吧！）

說明	い形容詞	補充：替換字
	辛い（辛辣的）	熱い - あつい（燙的）

【例】ヒーッ。しょっぱいわ これ。（呀！這太鹹了吧！）

說明	い形容詞	補充：替換字
	しょっぱい（鹹的）	怖い - こわい（可怕、恐怖的）

【例】ヒーッ。酸^すっぱいわ これ。（呀！這太酸了吧！）

說明	い形容詞	補充：替換字
	酸っぱい（酸的）	甘い - あまい（甜的）

【例】ヒーッ。まずいわ これ。（呀！這太難吃了吧！）

說明	い形容詞	補充：替換字
	まずい（難吃的）	難しい - むずかしい（困難的）

❷（男用語）ヒーッ。い形容詞＋ぞ＋これ

意外狀況的驚嚇語氣 —— 呀！這太…了吧！

表達語氣、情緒說明

「ヒーッ。い形容詞＋ぞ＋これ」是男生用語，是遇到意想不到的狀況時，嚇了一跳的心情。適用於自己不加修飾的有感而發，也適用於說給別人聽。これ（這個）。

NG！ 不適用嚴謹、正式的場合　　"ヒーッ"的語氣 「嚇一跳」的口吻

"ぞ"的語氣 「斷定」的口吻

【例】ヒーッ。辛いぞ これ。（哎呀！這個好辣。）

說明	い形容詞	補充：替換字
	辛い（辛辣的）	苦い - にがい（苦澀的）

【例】ヒーッ。硬いぞ これ。（哎呀！這個好硬。）

說明	い形容詞	補充：替換字
	硬い（硬的）	多い - おおい（多的）

【例】ヒーッ。痛いぞ これ。（哎呀！這裡好痛。）

說明	い形容詞	補充：替換字
	痛い（痛的）	やばい（糟糕、危險的）

【例】ヒーッ。熱いぞ これ。（哎呀！這個好燙。）

說明	い形容詞	補充：替換字
	熱い（燙的）	冷たい - つめたい（冰涼的）

❸ 名詞＋が＋動詞たい形＋よ

我好想要做…唷

表達語氣、情緒說明

「名詞＋が＋動詞たい形＋よ」是引起別人注意、告訴別人「我好想要做…」的語氣，帶有些許撒嬌的意味。適用於平輩、晚輩、父母、熟人。

NG！	不適用職場、長輩、不能撒嬌的人
動詞たい形	「想要、希望」的語氣
"よ"的語氣	「希望引起對方注意」的口吻

【例】お水が飲みたいよ。（我好想喝水唷。）

說明	五段動詞（字尾：む）	たい形	說明
	飲む（喝）	飲みたい	字尾む的 i 段音み＋たい

【例】お酒が飲みたいよ。（我好想喝酒唷。）

說明	五段動詞（字尾：む）	たい形	說明
	飲む（喝）	飲みたい	字尾む的 i 段音み＋たい

【例】お薬が飲みたいよ。（我好想吃藥唷。）

說明	五段動詞（字尾：む）	たい形	說明
	飲む（喝）	飲みたい	字尾む的 i 段音み＋たい

【例】ご飯が食べたいよ。（我好想吃飯唷。）

說明	下一段動詞（字尾：e段音＋る）	たい形	說明
	食べる（吃）	食べたい	字尾る 變成たい

❹ い形容詞て形＋涙が出た＋よ

因為…情況，而哭了出來

表達語氣、情緒說明

「い形容詞て形＋涙が出た＋よ」是表示「某種情況非常嚴重，嚴重到哭了出來」的語氣。適用於平輩、晚輩、熟人，以及非正式的休閒場合。
涙が出た（哭出來）。

NG！ 不適用正式場合、長輩、陌生人

"よ" 的語氣 強調的口吻

【例】辛くて 涙が出た よ。（辣到哭出來了。）

說明 い形容詞	て形	說明
辛い（辣的）	辛くて	字尾い 變成く＋て

【例】痛くて 涙が出た よ。（痛到哭出來了。）

說明 い形容詞	て形	說明
痛い（痛的）	痛くて	字尾い 變成く＋て

【例】悲しくて 涙が出た よ。（難過到哭出來了。）

說明 い形容詞	て形	說明
悲しい（悲傷的）	悲しくて	字尾い 變成く＋て

【例】うれしくて 涙が出た よ。（開心到哭出來了。）

說明 い形容詞	て形	說明
うれしい（高興的）	うれしくて	字尾い 變成く＋て

たのしい勉強
愉快的讀書

本文

友達と、お勉強。勉強？　いえ、口実。
（和朋友）　（讀書）　（讀書？）　（不，只是藉口）

好きな子と、いっしょにいたいから。
（和喜歡的人）　（希望能在一起）

二人の会話

❶「ねえ、いっしょに勉強しようよ。」　ねえ、いっしょに＋動詞意
你說，我們一起讀書好不好？　　　　　量形＋よ

❷「そうだね。じゃ、いっしょに　　　そうだね。じゃ、いっしょに＋
読もうよ。」　　　　　　　　　　　動詞意量形＋よ
好啊，那就一起讀書吧！

❸「はい、いち、に、さん。」　はい、いち、に、さん
來吧，一、二、三！

❶ ねえ、いっしょに＋動詞意量形＋よ

提出邀請的語氣 —— 你說，我們一起做…好不好？

表達語氣、情緒說明

「ねえ、いっしょに＋動詞意量形＋よ」是「邀請對方、並覺得對方應該會接受」的語氣。適用於熟識的朋友，以及非正式的休閒場合。いっしょに（一起）。

| NG！ | 不適用職場、不熟悉的人 | "ねえ"的語氣 | 「出聲叫熟人」的口吻 |

"よ"的語氣 「覺得對方也會同意」的語氣

"ねえ、…よ"的語氣 「邀請好朋友」的語氣

【例】ねえ、いっしょに勉強しようよ。
（你說，我們一起讀書好不好？）

說明	サ行動詞（字尾：する）	意量形	說明
	勉強する（讀書）	勉強しよう	字尾する 變成しよう

【例】ねえ、いっしょに宿題やろうよ。
（你說，我們一起做功課好不好？）

說明	五段動詞 （字尾：a段音＋る）	意量形	說明
	宿題やる（做功課）	宿題やろう	字尾る的o段音ろ＋う

【例】ねえ、いっしょに料理しようよ。
（你說，我們一起做菜好不好？）

說明	サ行動詞（字尾：する）	意量形	說明
	料理する （做菜、烹飪）	料理しよう	字尾する 變成しよう

【例】ねえ、いっしょに散歩しようよ。
（你說，我們一起散步好不好？）

說明	サ行動詞（字尾：する）	意量形	說明
	散歩する（散步）	散歩しよう	字尾する 變成しよう

❷ そうだね。じゃ、いっしょに＋動詞意量形＋よ

接受邀請的語氣 —— 好啊！就一起做…吧！

表達語氣、情緒說明

「そうだね。じゃ、いっしょに＋動詞意量形＋よ」是「接受邀請、答應一起做…」的語氣。適用於熟識的朋友，以及非正式的休閒場合。そうだね（好啊），じゃ（那麼）。

| NG！ | 不適用正式場合、長輩、陌生人 | "よ"的語氣 | 「就這樣吧！」的語氣 |

| "じゃ、…よ"的語氣 | 「那麼　就這樣吧！」的語氣 |

【例】 そうだね。じゃ、いっしょに読もうよ。
（好啊，那就一起讀書吧！）

說明	五段動詞（字尾：む）	意量形	說明
	読む（閱讀）	読もう	字尾む的 o 段音も＋う

【例】 そうだね。じゃ、いっしょに作ろうよ。
（好啊，那就一起做吧！）

說明	五段動詞 （字尾：u 段音＋る）	意量形	說明
	作る（製作）	作ろう	字尾る的 o 段音ろ＋う

【例】 そうだね。じゃ、いっしょに歩こうよ。
（好啊，那就一起走吧！）

說明	五段動詞（字尾：く）	意量形	說明
	歩く（走路）	歩こう	字尾く的 o 段音こ＋う

【例】 そうだね。じゃ、いっしょにやろうよ。
（好啊，那就一起做吧！）

說明	五段動詞 （字尾：a 段音＋る）	意量形	說明
	やる（做某件事）	やろう	字尾る的 o 段音ろ＋う

❸ はい、いち、に、さん

來吧, 一、二、三！

表達語氣、情緒說明

「はい、いち、に、さん」是「必須整齊的做一些事情時，習慣説的話」。適用於任何人、任何場合。はい（來吧），いち（一），に（二），さん（三）。

NG！ 沒有不適用的場合、對象

【例】はい、いち、に、さん。（來吧, 一、二、三！）

説明	補充：個位數字説法
	四-し 或よん／五-ご／六-ろく／七-しち／八-はち／九-きゅう

【例】はい、さん、に、いち。（來吧, 三、二、一！）

説明	補充：十位數字説法
	十-じゅう／二十-にじゅう／三十-さんじゅう／四十-よんじゅう／五十-ごじゅう

【例】はい、さん、に、いち、ゼロ。（來吧, 三、二、一、零！）

説明	補充：百位數字説法
	百-ひゃく／二百-にひゃく／三百-さんびゃく／四百-よんひゃく／五百-ごひゃく

【例】はい、いっせいの、せ。（來吧, 預備～開始！）

説明	名詞	常用語
	いっせい（一起）	いっせいのせ（預備～開始）

新しいボール
あたら

玩新足球

本文
ほんぶん

サッカーボール、買ってもらいました。
　　　（足球）　　　か　（有人買給我）

わあ、おもしろそう。さっそく、やってみよう。
（哇）　（好像很有趣）　　（立刻）　　（玩玩看吧）

二人の会話
ふたり　かいわ

❶ 「ねえ、サッカーしようよ。」ねえ、＋動詞意量形＋よ
　　你說，我們一起踢足球好不好？

❷ 「サッカーって手を使っちゃ　…って＋名詞＋を＋使っちゃ
　　いけないの？」　　　　　　いけない＋の
　　足球是不能用手的嗎？

❸ 「そうだよ。足で蹴るのさ。」（男用語）そうだよ。名詞＋で＋動
　　　　　　　あし　け　　　　　詞原形＋のさ
　（男用語）你說的對，是用腳踢的。

❹ 「そうよ。足で蹴るのよ。」（女用語）そうよ。名詞＋で＋動詞原
　　　　　あし　け　　　　　　形＋のよ
　（女用語）你說的對，是用腳踢的。

❶ ねえ、＋動詞意量形＋よ

提出邀請的語氣 —— 你說，我們一起做…好嗎？

表達語氣、情緒說明

「ねえ、＋動詞意量形＋よ」是「邀請對方、並覺得對方應該會接受」的語氣。適用於熟識的朋友，以及非正式的休閒場合。

| NG！ | 不適用職場、不熟悉的人 | "ねえ"的語氣 | 「出聲叫熟人」的口吻 |

"よ"的語氣 「覺得對方也會同意」的語氣

"ねえ、…よ"的語氣 「邀請好朋友」的語氣

【例】ねえ、サッカーしようよ。（你說，我們一起踢足球好嗎？）

説明	サ行動詞（字尾：する）	意量形	説明
	サッカーする （踢足球）	サッカーしよう	字尾する 變成しよう

【例】ねえ、野球しようよ。（你說，我們一起打棒球好嗎？）

説明	サ行動詞（字尾：する）	意量形	説明
	野球する （打棒球）	野球しよう	字尾する 變成しよう

【例】ねえ、おすもうしようよ。（你說，我們一起玩相撲好嗎？）

説明	サ行動詞（字尾：する）	意量形	説明
	おすもうする （玩相撲）	おすもうしよう	字尾する 變成しよう

【例】ねえ、ドッヂボールしようよ。（你說，我們一起玩躲避球好嗎？）

説明	サ行動詞（字尾：する）	意量形	説明
	ドッヂボール する（玩躲避球）	ドッヂボール しよう	字尾する 變成しよう

❷ …って＋名詞＋を＋使っちゃいけない＋の

…，是不能使用…的嗎？

表達語氣、情緒說明

「名詞＋を＋使っちゃいけない＋の」是「不可使用…嗎」的語氣，「…って」則明確說明「所指的主題」。適用於平輩、晚輩、熟人，以及非正式的休閒場合。使っちゃいけない（不可使用）等於「使ってはいけない」。

NG！ 不適用正式場合、長輩、陌生人　　"って"的語氣 「提到某個東西」的語氣　　"…っちゃ"的語氣 「…っては」的口語說法，語氣較隨和

"の"的語氣 語調上揚是「疑問語氣」，語調下降是「斷定語氣」。在此是前者。

【例】サッカーって手を 使っちゃいけない の？
　　　（足球是不能用手的嗎？）

説明	名詞	名詞
	サッカー（足球）	手（手）

【例】テコンドーって手を 使っちゃいけない の？
　　　（跆拳道是不能用手的嗎？）

説明	名詞	名詞
	テコンドー（跆拳道）	手（手）

【例】テストってボールペンを 使っちゃいけない の？
　　　（考試是不能用原子筆的嗎？）

説明	名詞	名詞
	テスト（考試）	ボールペン（原子筆）

【例】電車ってケータイを 使っちゃいけない の？
　　　（電車裡是不能使用手機的嗎？）

説明	名詞	名詞
	電車（電車）	ケータイ（手機）

❸ （男用語）そうだよ。名詞＋で＋動詞原形＋のさ

確認的語氣 —— 你說的對，就是…

表達語氣、情緒說明

「…動詞原形＋のさ」是男生用語，是「非常確定、就是這樣子」的語氣。適用於平輩、晚輩、熟人，以及非正式的休閒場合。そうだよ（你說的對），…で（利用某種工具或方法、根據）。

NG！	不適用正式場合、長輩、陌生人

"のさ"的語氣	「男生說明自己十分確定的事」的語氣

【例】そうだよ。足で蹴るのさ。（你說的對，是用腳踢的。）

【例】そうだよ。手で食べるのさ。（你說的對，是用手吃的。）

【例】そうだよ。生で食べるのさ。（你說的對，是生吃的。）

【例】そうだよ。バスで行くのさ。（你說的對，是搭公車去的。）

❹ （女用語）そうよ。名詞＋で＋動詞原形＋のよ

確認的語氣 —— 你說的對，是…沒錯

表達語氣、情緒說明

同上，但語氣較溫和，語尾要用「のよ」。そうよ（你說的對）。

NG！	不適用正式場合、長輩、陌生人

"のよ"的語氣	女生用語，「把自己所知告訴別人」的語氣

【例】そうよ。足で蹴るのよ。（你說的對，是用腳踢的。）

【例】そうよ。お金で決めるのよ。（你說的對，是用錢決定的。）

【例】そうよ。顔で決めるのよ。（你說的對，是根據長相決定的。）

【例】そうよ。気分で決めるのよ。（你說的對，是視心情決定的。）

158

• いちばんの親友 •

我最好的朋友

本文（ほんぶん）

犬（いぬ）は、友達（ともだち）。いつも、ずっといっしょ。
（狗）　　（是朋友）　（總是）　　　　　（一直在一起）

どこか、おもしろいところに行（い）こう。
（哪裡好呢）　　　　　　　　（去好玩的地方吧）

一人（ひとり）の気持（きも）ち

❶ よしよし。散歩（さんぽ）行（い）こう。ワンワン。よしよし。　＋動詞意量形

好乖好乖，去散步吧！汪汪！

❷ 「ねえ、今日（きょう）はどこ行（い）こうか？」ねえ、…は＋動詞意量形＋か？

你說，今天要去哪裡呢？

❸ 「お前（まえ）はいい友達（ともだち）だよ。」お前は＋…＋だよ

你是我的好朋友唷！

❶ よしよし。＋動詞意量形

「疼愛某人、寵物」的語氣 —— 乖乖，做…吧！

表達語氣、情緒說明

「よしよし。＋動詞意量形」是「充滿感情的疼愛、寵愛」的語氣。適用於可以表達感情的平輩、晚輩、熟人、寵物，以及非正式的休閒場合。よしよし（乖乖～）。

NG！ 不適用正式場合、父母、長輩 "よしよし"的語氣 「你乖乖、好乖」的口吻 "動詞意量形"的語氣 來做、去做…吧

【例】 <u>よしよし</u>。散歩行<u>こう</u>。ワンワン。
（好乖好乖，去散步吧！汪汪！）

說明	五段動詞	意量形	說明
	散歩行く（去散步）	行こう	字尾く的 o 段音こ＋う

【例】 <u>よしよし</u>。ご飯あげ<u>よう</u>。ワンワン。
（好乖好乖，來吃飯吧！汪汪！）

說明	下一段動詞	意量形	說明
	ご飯あげる（給你餐飯）	あげよう	字尾る 變成よう

【例】 <u>よしよし</u>。ご褒美あげ<u>よう</u>。ワンワン。
（好乖好乖，給你點獎賞吧！汪汪！）

說明	下一段動詞	意量形	說明
	ご褒美あげる（給予獎賞）	あげよう	字尾る 變成よう

【例】 <u>よしよし</u>。家帰<u>ろう</u>。（好乖好乖，回家吧！）

說明	五段動詞	意量形	說明
	家帰る（回家）	帰ろう	字尾る的 o 段音ろ＋う

❷ ねえ、…は＋動詞意量形＋か？

「找對方討論、談談」的語氣

表達語氣、情緒說明

「ねえ、…は＋動詞意量形＋か？」是「找熟人討論某件事、詢問對方想法」的語氣。適用於平輩、晚輩、熟人，以及非正式的休閒場合。

NG！ 不適用正式場合、長輩、陌生人

"ねえ" 的語氣 「出聲叫熟人、叫說話對象」的語氣

【例】ねえ、今日はどこ行こうか？（你說, 今天要去哪裡呢？）

五段動詞	意量形	說明
どこ行く（去哪裡）	行こう	字尾く的o段音こ＋う

【例】ねえ、今日は何食べようか？（你說, 今天要吃什麼呢？）

下一段動詞 （字尾：e段音＋る）	意量形	說明
何食べる（吃什麼）	食べよう	字尾る 變成よう

【例】ねえ、明日は何しようか？（你說, 明天要做什麼呢？）

サ行動詞（字尾：する）	意量形	說明
何する（做什麼）	しよう	字尾する 變成しよう

【例】ねえ、パーティーは誰呼ぼうか？（你說, 要邀請誰去舞會呢？）

五段動詞（字尾：ぶ）	意量形	說明
誰呼ぶ（找誰來）	呼ぼう	字尾ぶ的o段音ぼ＋う

❸ お前は＋…＋だよ
まえ

上對下說話的語氣 —— 你真的是…唷！

表達語氣、情緒說明

「お前は＋…＋だよ」是一種「上對下」的肯定語氣，「お前」（你）是「地位、輩份高的人稱呼下位者」的語氣。適用於對晚輩，以及非正式的休閒場合。お前（上對下稱呼"你"）。

NG！　不適用正式場合、輩份或地位比自己高的人

"だよ"的語氣 「表達自己感想」的口吻

【例】お前はいい友達だよ。（你是我的好朋友唷！）
　　　 まえ　　　　ともだち

說明 名詞	補充：其他名詞
友達（朋友）	仲間 - なかま（夥伴）／部下 - ぶか（部屬）

【例】お前はいい妻だよ。（你是我的好老婆唷！）
　　　 まえ　　　つま

說明 名詞	補充：其他名詞
妻（妻子）	妹 - いもうと（妹妹）／娘 - むすめ（女兒）

【例】お前はいい子だよ。（你是我的乖孩子唷！）
　　　 まえ　　　こ

說明 名詞	補充：其他名詞
子（小朋友、孩子）	弟 - おとうと（弟弟）／息子 - むすこ（兒子）

【例】お前はいい生徒だよ。（你是我的好學生唷！）
　　　 まえ　　　せいと

說明 名詞	補充：其他名詞
生徒（學生）	嫁 - よめ（媳婦）／婿 - むこ（女婿）

34
おいしいよ
這很好喝喔！

本文 (ほんぶん)

遊（あそ）んで、喉（のど）が乾（かわ）きました。冷蔵庫（れいぞうこ）に、
（玩了一會兒） （口渴了） （冰箱裡）

ジュースがありました。いっしょに、飲（の）もうよ。
（早準備好果汁） （一起） （喝吧）

二人（ふたり）の会話（かいわ）

❶ 「おいしい ね、おにいちゃん。」い形容詞＋ね＋名詞
好好喝喔！哥哥。

❷ 「どれどれ、飲（の）んでみよう。」どれどれ、＋動詞て形＋みよう
我來我來，我喝喝看！

❸ 「冷（つめ）たくておいしいよ。」い形容詞て形＋い形容詞＋よ
好冰好好喝唷！

❶ い形容詞＋ね＋名詞

「和朋友分享自己感覺」的語氣

表達語氣、情緒說明

「い形容詞＋ね＋名詞」是「描述某一種感覺，並與對方分享」的語氣。適用於平輩、晚輩、熟人，以及非正式的休閒場合。

| NG！ | 不適用正式場合、長輩、陌生人 |

| "ね"的語氣 | 「希望對方贊同」的口吻 |

【例】<u>おいしい</u>ね、おにいちゃん。（好好喝喔！哥哥。）

說明	い形容詞	名詞
	おいしい （好吃的）	おにいちゃん （哥哥）

【例】<u>大きい</u>ね、ゾウ。（大象好大喔！）

說明	い形容詞	名詞
	大きい （大的）	ゾウ （大象）

【例】<u>面白い</u>ね、この映画。（這部電影好有趣喔！）

說明	い形容詞	名詞
	面白い （有趣的）	この映画 （這部電影）

【例】<u>気持ちいい</u>ね、今日。（今天好舒服喔！）

說明	い形容詞	名詞
	気持ちいい （好舒服）	今日 （今天）

❷ どれどれ、＋動詞て形＋みよう

「我來我來，我試試看…」的語氣

表達語氣、情緒說明

「どれどれ、＋動詞て形＋みよう」是「自己主動想試試看某件事」的語氣。多半用於自己的自告奮勇時。動詞て形＋みよう（做…看看）。

NG！	沒有不適用的場合、對象

"どれどれ"的語氣	「我來我來…」的口吻

【例】どれどれ、飲んでみよう。（我來我來，我喝喝看！）

説明	五段動詞（字尾：む）	て形	説明
	飲む（喝）	飲んで	字尾む 變成ん＋で

【例】どれどれ、食べてみよう。（我來我來，我吃吃看！）

説明	下一段動詞 （字尾：e段音＋る）	て形	説明
	食べる（吃）	食べて	字尾る 變成て

【例】どれどれ、見てみよう。（我來我來，我看看！）

説明	上一段動詞 （字尾：i段音＋る）	て形	説明
	見る（看）	見て	字尾る 變成て

【例】どれどれ、聞いてみよう。（我來我來，我聽聽看！）

説明	五段動詞（字尾：く）	て形	説明
	聞く（聽）	聞いて	字尾く 變成い＋て

❸ い形容詞て形＋い形容詞＋よ

推薦好東西給朋友 —— 我跟你說，又…又…唷！

表達語氣、情緒說明

「い形容詞て形＋い形容詞＋よ」是「希望把自己所感受到的喜歡的感覺，推薦給朋友」的語氣。適用於平輩、晚輩、熟人，以及非正式的休閒場合。

| NG！ | 不適用正式場合、長輩、陌生人 |

| "よ"的語氣 | 「提醒對方」的口吻 |

【例】冷^{つめ}たくて おいしいよ。（好冰好好喝唷！）

說明	い形容詞	て形	說明
	冷たい（冰冷的）	冷たくて	字尾い 變成く＋て

【例】冷^{つめ}たくて 気持^{きも}ちいいよ。（好冰好舒服唷！）

說明	い形容詞	て形	說明
	冷たい（冰冷的）	冷たくて	字尾い 變成く＋て

*可用於形容游泳池的水

【例】甘^{あま}くて おいしいよ。（好甜好好喝唷！）

說明	い形容詞	て形	說明
	甘い（甜的）	甘くて	字尾い 變成く＋て

【例】小^{ちい}さくて 可愛^{かわい}いよ。（好小好可愛唷！）

說明	い形容詞	て形	說明
	小さい（小的）	小さくて	字尾い 變成く＋て

急いそいでるのに

正趕時間，可是…

本文ほんぶん

どうしよう、時間じかんがない。はやく、行いかないと。
（怎麼辦）　　　　　（沒時間了）　　　　　（不快點去是不行的）

でも、車多くるまおおすぎ。
（但是）　（車子太多了）

一人ひとりの気持きもち

❶「あら、これじゃ渡わたれないわ。」（女用語）あら、これじゃ＋動詞可能形否定＋わ
（女用語）哎呀，這樣子無法穿越呀！

❷「あれ、これじゃ渡わたれないぞ。」（男用語）あれ、これじゃ＋動詞可能形否定＋ぞ
（男用語）哎呀，這樣子無法穿越呀！

❸「どうしよう？間まに合あわないわ。」（女用語）どうしよう？…＋わ
（女用語）怎麼辦？會來不及！

❹「どうしよう？間まに合あわないぞ。」（男用語）どうしよう？…＋ぞ
（男用語）怎麼辦？會來不及！

❺「どこかに陸橋りっきょうないかな？」どこかに＋名詞＋ないかな
哪裡有天橋呢？

❶（女用語）あら、これじゃ＋動詞可能形否定＋わ

女生的語氣 —— 哎呀！這樣子沒辦法做…呀！

表達語氣、情緒說明

「あら、これじゃ＋動詞可能形否定＋わ」是女生用語，表示
「在…的情況下，沒辦法做…」的語氣。多半用於有感而發
時，自己對自己說。これじゃ（這樣的話）。

| NG！ | 不宜表達自己意見的場合 | "あら"的語氣 | 「哎呀」的口吻 |

"これじゃ"的語氣 「這樣的話就…」的口吻

"わ"的語氣 「呀～」，女生說話的口吻

【例】あら、これじゃ渡（わた）れないわ。（哎呀，這樣子無法穿越呀！）

說明	五段動詞（字尾：a 段音＋る）	可能形＋否定ない	說明
	渡る（穿越）	渡れない	字尾る的 e 段音れ＋ない

【例】あら、これじゃ帰（かえ）れないわ。（哎呀，這樣子沒辦法回去呀！）

說明	五段動詞（例外字）	可能形＋否定ない	說明
	帰る（回去）	帰れない	字尾る的 e 段音れ＋ない

【例】あら、これじゃ買（か）えないわ。（哎呀，這樣子買不起呀！）

說明	五段動詞（字尾：う）	可能形＋否定ない	說明
	買う（買）	買えない	字尾う的 e 段音え＋ない

【例】あら、これじゃ食（た）べられないわ。（哎呀，這樣子沒辦法吃呀！）

說明	下一段動詞（字尾：e 段音＋る）	可能形＋否定ない	說明
	食べる（吃）	食べられない	字尾る的 a 段音＋ら＋れ＋ない

❷（男用語）あれ、これじゃ＋動詞可能形否定＋ぞ

男生的語氣 —— 哎呀！這樣子沒辦法做…呀！

表達語氣、情緒說明

「あら、これじゃ＋動詞可能形否定＋ぞ」是男生用語，表示「在…的情況下，沒辦法做…」的語氣。多半用於有感而發時，自己對自己說。これじゃ（這樣的話）。

| NG！ | 不宜表達自己意見的場合 | "あれ"的語氣 | 「哎呀！」的口吻 |

"これじゃ"的語氣 | 「這樣的話就…」的口吻

"ぞ"的語氣 | 「呀～」，男生說話的斷定語氣

【例】あれ、これじゃ渡（わた）れないぞ。（哎呀，這樣子無法穿越呀！）

說明	五段動詞 （字尾：a段音＋る）	可能形＋否定ない	說明
	渡る（穿越）	渡れない	字尾る的e段音れ＋ない

【例】あれ、これじゃ勝（か）てないぞ。（哎呀，這樣子贏不了呀！）

說明	五段動詞（字尾：つ）	可能形＋否定ない	說明
	勝つ（勝利、獲勝）	勝てない	字尾つ的e段音て＋ない

【例】あれ、これじゃ足（た）りないぞ。（哎呀，這樣子會不夠呀！）

說明	上一段動詞 （字尾：i段音＋る）	否定形ない	說明
	足りる（足夠）	足りない	字尾る 變成ない

＊「これじゃ足りない」（這樣會不夠）是日文的慣用表達，用否定形「足りない」。

【例】あれ、これじゃ間（ま）に合（あ）わないぞ。（哎呀，這樣子會來不及呀！）

說明	五段動詞（字尾：う）	否定形ない	說明
	間に合う（來得及）	間に合わない	字尾う的a段音わ＋ない

＊「これじゃ間に合わない」（這樣會來不及）也是日文的慣用表達。

❸ （女用語）どうしよう？…＋わ

困惑、不知所措的語氣 —— 怎麼辦才好？…

表達語氣、情緒說明

「どうしよう？…＋わ」是女生用語，是「面臨不知如何處理的情況，所產生的緊張情緒」。適用於發抒自己的感覺，或說給別人聽。どうしよう（怎麼辦）。

| NG！ | 不適合自言自語的場合 |

| "わ"的語氣 | 「女生表達自己情緒」的口吻 |

【例】どうしよう？間に合わないわ。（怎麼辦？會來不及！）

說明	五段動詞（字尾：う）	否定形ない	說明
	間に合う（來得及）	間に合わない	字尾う的a段音わ＋ない

【例】どうしよう？できないわ。（怎麼辦？我不會做！）

說明	上一段動詞 （字尾：i 段音＋る）	否定形ない	說明
	できる（會做）	できない	字尾る 變成ない

【例】どうしよう？忘れたわ。（怎麼辦？我忘記了！）

說明	下一段動詞 （字尾：e 段音＋る）	過去式た形	說明
	忘れる（忘記）	忘れた	字尾る 變成た

【例】どうしよう？フリーズだわ。（怎麼辦？當機了！）

說明	名詞	說明
	フリーズ（當機）	＊フリーズ是「名詞」，必須是「フリーズ＋だ＋わ」

❹ （男用語）どうしよう？…＋ぞ

困惑、不知所措的語氣 —— 怎麼辦才好？…

表達語氣、情緒說明

「どうしよう？…＋ぞ」是男生用語，是「面臨不知如何處理的情況，所產生的緊張情緒」。相較於女生，語氣較斷定。適用於發抒自己的感覺，或說給別人聽。どうしよう（怎麼辦）。

| NG！ | 不適合自言自語的場合 |

| "ぞ"的語氣 | 語氣更斷定，是「男生表達自己情緒」的口吻。 |

【例】どうしよう？間に合わないぞ。（怎麼辦？會來不及！）

說明	五段動詞	否定形ない	說明
	間に合う（來得及）	間に合わない	字尾う的a段音わ＋ない

【例】どうしよう？道に迷ったぞ。（怎麼辦？迷路了！）

說明	五段動詞	た形	說明
	道に迷う（迷路）	道に迷った	字尾う 變成った

【例】どうしよう？通じないぞ。（怎麼辦？電話不通／無法溝通！）

說明	上一段動詞	否定形ない	說明
	通じる（聯繫、溝通）	通じない	字尾る 變成ない

【例】どうしよう？落としちゃったぞ。（怎麼辦？東西遺失了！）

說明	五段動詞	ちゃった形	說明
	落とす（遺失）	落としちゃった	字尾す的i段音し＋ちゃった

＊「…ちゃった」是指「發生了不該發生、或沒想到的事」。

❺ どこかに＋名詞＋ないかな

尋找需要的東西 —— 哪裡有…呢？

表達語氣、情緒說明

「どこかに＋名詞＋ないかな」是「尋找…東西」的語氣。適用於向別人提問，或是自己對提出這樣的疑問。どこかに（在哪裡呢），ないかな（有嗎）。

NG！　沒有不適用的場合、對象

"かな"的語氣　「疑問」或「希望」的口吻

【例】どこかに陸橋（りっきょう）ないかな？（哪裡有天橋呢？）

說明	名詞	替換字
	陸橋（天橋）	交番 - こうばん（派出所）／ホテル（旅館）

【例】どこかにトイレないかな？（哪裡有廁所呢？）

說明	名詞	替換字
	トイレ（廁所）	銀行 - ぎんこう（銀行）／ 郵便局 - ゆうびんきょく（郵局）

【例】どこかに公衆電話（こうしゅうでんわ）ないかな？（哪裡有公共電話呢？）

說明	名詞	替換字
	公衆電話（公共電話）	エーティーエム（自動提款機）／ ガソリンスタンド（加油站）

【例】どこかにいい人（ひと）いないかな？（好對象在哪裡呢？）

說明	名詞	替換字
	いい人（好對象）	イケメン（帥哥）／美人 - びじん（美女）

*如果是「人、動物」等，要說「いないかな」。

上手でしょ？
じょう　ず

唱得不錯吧？

本文
ほんぶん

みんなで、合唱。練習、あるのみ。
　　　　　がっしょう　れんしゅう
（大家一起）　（合唱）　（唯有不斷練習）

声を合わせて、キレイに歌おう。
こえ　あ　　　　　　　　　うた
（聲音和諧）　　　（唱出好聽的歌吧）

二人の会話
ふたり　かいわ

❶「ラララ〜」
啦啦啦〜（歌唱聲）

❷「キミ、歌うまいね。」 キミ、名詞＋い形容詞＋ね
　　　　うた
你很會唱歌耶！

❸「僕も 上手だろ？」 （男用語）僕／俺＋も＋好的特質＋だろ？
　ぼく　じょうず
（男用語）我也很厲害吧！

❹「私も 上手でしょ？」 （女用語）私＋も＋好的特質＋でしょ？
　わたし　じょうず
（女用語）我也很厲害吧！

❺「だって 歌好きだもん。」 だって＋名詞＋好きだもん
　　　　うたす
因為我就是喜歡唱歌嘛！

❷ キミ、名詞＋い形容詞＋ね

稱讚對方的語氣 ── 你…很厲害、…很可愛唷！

表達語氣、情緒說明

「キミ、名詞＋い形容詞＋ね」是「稱讚對方」的語氣。適用於平輩、晚輩、熟人，以及非正式的休閒場合。キミ（你）是較不正式的稱呼，只適用於非常熟悉的朋友。

NG！	不適合正式場合、長輩、陌生人
"ね"的語氣	「述說自己感想」的語氣

【例】キミ、歌うまいね。（你很會唱歌耶！）

說明	名詞	い形容詞
	歌（唱歌）	うまい（很厲害、很好吃）

【例】キミ、踊りうまいね。（你很會跳舞耶！）

說明	名詞	い形容詞
	踊り（跳舞）	うまい（很厲害、很好吃）

【例】キミ、嘘うまいね。（你很會說謊耶！）

說明	名詞	い形容詞
	嘘（說謊）	うまい（很厲害、很好吃）

【例】キミ、顔かわいいね。（你長得很可愛耶！）

說明	名詞	い形容詞
	顔（臉蛋）	かわいい（可愛的）

❸（男用語）僕／俺＋も＋好的特質＋だろ？

男生的炫耀語氣

表達語氣、情緒說明

「僕／俺＋も＋好的特質＋だろ」是「男生向他人炫耀自己的優點或強項，並希望對方也認同」的語氣。適用於平輩、晚輩、熟人，以及非正式的休閒場合。「僕」（ぼく）和「俺」（おれ）都是男生自稱 "我"。

| NG！ | 不適合正式場合、長輩、陌生人 |

| "だろ"的語氣 | 斷定的口吻，並希望對方也贊同 |

【例】僕も上手だろ？（我也很厲害吧！）

【例】俺も上手だろ？（我也很厲害吧！）

*「僕」和「俺」的差異可參考第27課

【例】俺もカッコいいだろ？（我也很帥吧！）

【例】これもおしゃれだろ？（這個也很時髦吧！）

*主詞也可以是「代名詞」これ（這…）

❹（女用語）私＋も＋好的特質＋でしょ？

女生的炫耀語氣（口氣較溫和）

表達語氣、情緒說明

同上，但語氣較男生溫和。「私」（わたし）是女生自稱 "我"。

| NG！ | 不適用要避免自我炫耀的場合 |

| "でしょ"的語氣 | 溫和的斷定語氣，男生也可以使用 |

【例】私も上手でしょ？（我也很厲害吧！）

【例】私もキレイでしょ？（我也很漂亮吧！）

【例】私も美人でしょ？（我也是美女吧！）

【例】私もいい女でしょ？（我也是好女人吧！）

⑤ だって＋名詞＋好きだもん

「因為我就是喜歡…嘛」的語氣

表達語氣、情緒說明

「だって＋名詞＋好きだもん」是「對別人說明原因，其中並包含明確自我主張」的語氣。適用於平輩、晚輩、熟人。好きだもん（因為我就是喜歡）。

NG！	不適合長輩、陌生人，以及不適宜有自我主張的場合
"だって".的語氣	「說明自己的想法或喜好」的語氣
"だもん" 的語氣	「自己就是如此」的斷定語氣

【例】だって歌好きだもん。（因為我就是喜歡唱歌嘛！）

說明	名詞	替換字
	歌（唱歌）	ダンス（跳舞）／カラオケ（卡拉OK）

【例】だって料理好きだもん。（因為我就是喜歡烹飪嘛！）

說明	名詞	替換字
	料理（烹飪）	プリン（布丁）／ケーキ（蛋糕）

【例】だって仕事好きだもん。（因為我就是喜歡工作嘛！）

說明	名詞	替換字
	仕事（工作）	家事-かじ（做家事）／読書-どくしょ（閱讀）

【例】だってあなた好きだもん。（因為我就是喜歡你嘛！）

說明	名詞	替換字
	あなた（你）	算数-さんすう（數學）／英語-えいご（英文）

・うまく書<ruby>か<rt></rt></ruby>けるかな・

字，能夠寫得漂亮嗎？

本文<ruby>ほんぶん<rt></rt></ruby>

ひらがなの、練習<ruby>れんしゅう<rt></rt></ruby>です。「か」を、書<ruby>か<rt></rt></ruby>きます。
（平假名的）　　　（練習）　　　　　　　（要寫 か）

うまく、書<ruby>か<rt></rt></ruby>けるかな？
（能夠寫得漂亮嗎）

一人<ruby>ひとり<rt></rt></ruby>の気持<ruby>きも<rt></rt></ruby>ち

❶「これで いいのかな。」名詞＋で＋いいのかな
這樣可以嗎？

❷「うまく書<ruby>か<rt></rt></ruby>けたぞ。」（男用語）うまく＋動詞た形＋ぞ
（男用語）我寫得不錯！

❸「うまく書<ruby>か<rt></rt></ruby>けたわ。」（女用語）うまく＋動詞た形＋わ
（女用語）我寫得不錯嘛！

❹「これは『か』って読<ruby>よ<rt></rt></ruby>むんだ。」これは＋『…』って＋読むんだ
這個字唸『か』。

177

❶ 名詞＋で＋いいのかな

「是這樣嗎？這樣對嗎？」的語氣

表達語氣、情緒說明

「名詞＋で＋いいのかな」是「心中有疑問、不知道自己的判斷是否正確」的語氣。可能是自己的有感而發，也可以對別人說。いいのかな（是對的嗎）。

NG！ 沒有不適用的場合、對象

"かな"的語氣 「不知道這樣對不對」的語氣

【例】これで いいのかな。（這樣可以嗎？）

說明	名詞	補充：替換字
	これ（這樣）	あれ（那樣）／この人 - このひと（這個人）

【例】それで いいのかな。（那樣可以嗎？）

說明	名詞	補充：替換字
	それ（那樣）	自分 - じぶん（自己）／私 - わたし（我）

【例】ここで いいのかな。（是在這裡，對嗎？）

說明	名詞	補充：替換字
	ここ（這裡）	そこ（那裡）／あそこ（距離較遠的那裡）

【例】6時で いいのかな。（時間是六點，對嗎？）
ろくじ

說明	名詞	補充：替換字
	6時（六點）	このまま（這樣下去）／これだけ（光是這樣）

❷ （男用語）うまく＋動詞た形＋ぞ

「有自信、肯定自己的表現」的語氣

表達語氣、情緒說明

「うまく＋動詞た形＋ぞ」是男生用語，是「對自己充滿信心、覺得自己…做得很好」的肯定語氣。多半是自己有感而發的感想。うまく＋動詞た形（…做得很好）。

NG！ 沒有不適用的場合、對象

"ぞ"的語氣 「肯定、斷定」的口吻

說明 下一段動詞 （字尾：e段音＋る）	た形	說明
書ける（會寫）	書けた	字尾る 變成た

說明 上一段動詞 （字尾：i段音＋る）	た形	說明
できる（完成某件事）	できた	字尾る 變成た

說明 五段動詞（例外字）	た形	說明
行く（進行）	行った	字尾く 變成った

說明 下一段動詞 （字尾：e段音＋る）	た形	說明
撮れる（會拍照）	撮れた	字尾る 變成た

❸ （女用語）うまく＋動詞た形＋わ

「有自信、肯定自己的表現」的語氣

表達語氣、情緒說明

「うまく＋動詞た形＋わ」是女生用語，是「對自己充滿信心、覺得自己⋯做得很好」的肯定語氣。多半是自己有感而發的感想。うまく＋動詞た形（⋯做得很好）。

NG！　沒有不適用的場合、對象

"わ"的語氣　「女生表達自己想法」的語氣

【例】うまく書(か)けたわ。（我寫得不錯嘛！）

下一段動詞 （字尾：e段音＋る）	た形	說明
書ける（會寫）	書けた	字尾る 變成た

【例】うまく話(はな)せたわ。（我說得很好嘛！）

下一段動詞 （字尾：e段音＋る）	た形	說明
話せる（會說）	話せた	字尾る 變成た

【例】うまく使(つか)えたわ。（我操作得很好嘛！）

下一段動詞 （字尾：e段音＋る）	た形	說明
使える（會使用）	使えた	字尾る 變成た

【例】うまくごまかしたわ。（我把錯事掩飾得很好嘛！）

五段動詞（字尾：す）	た形	說明
ごまかす（說謊、矇騙）	ごまかした	字尾す 變成した

❹ これは＋『…』って＋読^よむんだ

這個字應該唸成『…』

表達語氣、情緒說明

「これは＋『…』って＋読むんだ」是「對別人說明這個字的發音應該是…」，
以及「自己認為發音應該是…」的語氣。適用於平輩、晚輩、熟人。
これは（這是…），読むんだ（是這樣唸）。

NG！ 不適用長輩、陌生人　"って"的語氣 「叫做…」的語氣
"…んだ"的語氣 「斷定、確定」的語氣

【例】これは『か』って 読^よむんだ。（這個字唸『か』。）

説明	名詞	補充：替換字
	か（假名之一）	くろうと - 玄人（行家、內行人）

【例】これは『はせがわ（長谷川）』って 読^よむんだ。
　　　（這個唸『はせがわ』。）

説明	名詞	補充：替換字
	はせがわ - 長谷川（日本姓氏）	たんす - 箪笥（衣櫃）

【例】これは『しょうじ（東海林）』って 読^よむんだ。
　　　（這個唸『しょうじ』。）

説明	名詞	補充：替換字
	しょうじ - 東海林（日本姓氏）	たかしま - 高島（日本姓氏）

【例】これは『ザコ（雑魚）』って 読^よむんだ。（這個唸『ザコ』。）

説明	名詞	補充：替換字
	ザコ - 雑魚（小魚）	あくび - 欠伸（打呵欠）

夢ごこち
ゆめ

在夢裡

本文
ほんぶん

あったかい、布団の中。まるで、天国のよう。
　（溫暖的）　ふ とん なか （宛如）　てんごく
　　　　　　（被窩裡）　　　　　　（像天堂一般）

いつまでも、寝ていたいなあ。
　（永遠永遠）　ね
　　　　　　（好想一直睡覺啊）

一人の気持ち
ひとり　き も

❶「ぐうぐう。今日は日曜日。」ぐうぐう。今日＋は＋名詞
　　　　　きょう　にちようび
呼～今天是星期天。

❷「好きなだけ寝ていられるよ。」好きなだけ＋動詞て形＋いられる
　　す　　　　ね
我可以隨自己高興，想睡多久就睡多久。　＋よ

❸「寝てるときが一番幸せ。」動詞てる形＋とき＋が＋一番幸せ
　　ね　　　　　いちばんしあわ
睡覺時，最幸福了！

❶ ぐうぐう。今日＋は＋名詞

在夢中喃喃自語 ── 呼～呼～今天是…

表達語氣、情緒說明

「ぐうぐう。今日＋は＋名詞」是「說夢話」的語氣，類似沒有特別目的自言自語。ぐうぐう（打呼聲、鼾聲），今日 - きょう（今天）。

NG！	不適合自言自語的場合

"ぐうぐう"的語氣	呼～呼～打呼聲

【例】ぐうぐう。今日は日曜日。（呼～今天是星期天。）

說明	名詞	補充：替換字
	日曜日（星期日）	土曜日 - どようび（星期六）／ 何曜日 - なんようび（星期幾）

【例】ぐうぐう。今日はおやすみ。（呼～今天放假。）

說明	名詞	補充：替換字
	おやすみ（休息、假日）	祭日 - さいじつ（國定假日）／ 祝日 - しゅくじつ（節日）

【例】ぐうぐう。今は昼休み。（呼～現在是午休時間。）

說明	名詞	補充：替換字
	昼休み（午休時間）	外出中 - がいしゅつちゅう（外出中）

【例】ぐうぐう。今はお昼寝。（呼～現在是午睡時間。）

說明	名詞	補充：替換字
	お昼寝（午睡時間）	会議中 - かいぎちゅう（開會中）

❷ 好きなだけ＋動詞て形＋いられる＋よ

只要我喜歡，就可以一直…

表達語氣、情緒說明

「好きなだけ＋動詞て形＋いられる＋よ」是「心情放鬆之下的內心感想」，希望「毫無受限，能夠一直做著某件事」。適用於順著自己喜好的有感而發、對別人說、以及非正式的休閒場合。

NG！ 不適用正式場合、長輩、陌生人

"好きなだけ"的語氣 「隨自己喜歡，想怎麼樣就怎麼樣」的語氣

"よ"的語氣 「強調某種狀況」的語氣

【例】好きなだけ寝ていられる よ。

（我可以隨自己高興，想睡多久就睡多久。）

說明	下一段動詞	て形	說明
	寝る（睡覺）	寝て	字尾る 變成て

【例】好きなだけ読んでいられる よ。

（我可以隨自己高興，想讀多久就讀多久。）

說明	五段動詞	て形	說明
	読む（閱讀）	読んで	字尾む 變成ん＋で

【例】好きなだけ歌っていられる よ。

（我可以隨自己高興，想唱歌多久就唱多久。）

說明	五段動詞	て形	說明
	歌う（唱歌）	歌って	字尾う 變成っ＋て

【例】好きなだけ見ていられる よ。

（我可以隨自己高興，想看多久就看多久。）

說明	上一段動詞	て形	說明
	見る（看…）	見て	字尾る 變成て

❸ 動詞てる形＋とき＋が＋一番幸せ

做…的時候，是最幸福的！

表達語氣、情緒說明

「動詞てる＋とき＋が＋一番幸せ」是「述說內心感想」的語氣。多半用於自言自語、自己有感而發。一番（最…），幸せ（幸福）。

| NG！ | 不該自言自語的場合，就不適用 |

【例】寝てるときが一番幸せ。（睡覺時，最幸福了！）

說明	下一段動詞 （字尾：e段音＋る）	てる形	說明
	寝る（睡覺）	寝てる	字尾る 變成てる

【例】食べてるときが一番幸せ。（吃東西時，最幸福了！）

說明	下一段動詞 （字尾：e段音＋る）	てる形	說明
	食べる（吃）	食べてる	字尾る 變成てる

【例】テレビを見てるときが一番幸せ。（看電視時，最幸福了！）

說明	上一段動詞 （字尾：i段音＋る）	てる形	說明
	テレビを見る （看電視）	見てる	字尾る 變成てる

【例】絵を描いてるときが一番幸せ。（畫圖時，最幸福了！）

說明	五段動詞 （字尾：く）	てる形	說明
	絵を描く（畫圖）	描いてる	字尾く 變成い＋てる

39

・なんだろう、これ？・

這是什麼？

ほんぶん
本文

あっ、きれいな花が。 なんだろう、これ？
（啊～）　（有漂亮的花）　　（是什麼呢）　　（這個）

にお
匂いは、どうかな？
（味道）　（如何呢）

ひとり　きも
一人の気持ち

❶「う～ん、いい香り。」 う～ん、いい＋名詞
かお
嗯～好香！

❷「花って、癒される なあ。」名詞＋って、癒される＋なあ
はな　いや
花朵，真的能夠撫慰人心啊！

❸「耳を澄ませば花の声が　…動詞假定形ば＋…が…＋
みみ　す　はな　こえ
聞こえるかな？」　かな？
き
仔細聽的話，聽得到花的聲音嗎？

❶ う～ん、いい＋名詞

讚賞的語氣 —— 嗯～很棒的、很好的…

表達語氣、情緒説明

「う～ん、いい＋名詞」是一種「讚賞、驚歎」的語氣。可以是自己表達讚美、欣賞，也可以對別人説。適用於非正式的休閒場合。いい（好的）。

NG！ 不適用正式場合　　"う～ん"的語氣 「嗯～」的口吻

【例】う～ん、いい香_{かお}り。（嗯～好香！）

説明	名詞	補充：替換字
	香り（香味）	調子 - ちょうし（狀況）／感じ - かんじ（感覺）

【例】う～ん、いい音色_{ねいろ}。（嗯～音色真好！）

説明	名詞	補充：替換字
	音色（音色）	眺め - ながめ（景觀、風景）／天気 - てんき（天氣）

【例】う～ん、いい品質_{ひんしつ}。（嗯～品質真好！）

説明	名詞	補充：替換字
	品質（品質）	子 - こ（孩子）／展開 - てんかい（開始）

【例】う～ん、いい製品_{せいひん}。（嗯～很好的產品！）

説明	名詞	補充：替換字
	製品（產品）	車 - くるま（車子）／本 - ほん（書本）

❷ 名詞＋って、癒(いや)される＋なあ

…這東西，的確能夠撫慰人心啊！

表達語氣、情緒說明

「名詞＋って、＋癒される＋なあ」是「輕鬆氣氛下的感嘆語氣」。可以是自己的有感而發，也可以對別人說。適用於非正式的休閒場合。癒される（能夠療癒、能夠撫慰）。

| NG！ | 不適用正式場合 | "って"的語氣 | 「提到某個東西」的口吻 |

"なあ"的語氣 「感嘆、讚嘆」的口吻

【例】花(はな)って、癒(いや)される なあ（花朵，真的能夠撫慰人心啊！）

說明	名詞	補充：替換字
	花（花）	海 - うみ（海）／山 - やま（山）

【例】音楽(おんがく)って、癒(いや)される なあ。（音樂,真的能夠撫慰人心啊！）

說明	名詞	補充：替換字
	音楽（音樂）	香水 - こうすい（香水）／ 小説 - しょうせつ（小說）

【例】ペットって、癒(いや)される なあ。（寵物,真的能夠撫慰人心啊！）

說明	名詞	補充：替換字
	ペット（寵物）	映画 - えいが（電影）／美人 - びじん（美女）

【例】お風呂(ふろ)って、癒(いや)される なあ。（泡澡,真的能夠撫慰人心啊！）

說明	名詞	補充：替換字
	お風呂(泡澡、洗澡)	子供の笑顔 - こどものえがお(小孩的笑容)／ 料理 - りょうり（料理）

❸ …動詞假定形＋…が…＋かな？

如果…的話，會實現…嗎？

表達語氣、情緒說明

「…動詞假定形＋…が…＋かな」是「即使有所懷疑，但仍願意從自己的假設中，去期待一個美好的結果」的語氣。可以是自己表達一個美好的期望，也可以對別人說。

| NG！ | 沒有不適用的場合、對象 |

| "かな"的語氣 | 「雖然懷疑，但仍開心期待著」的語氣 |

【例】耳を澄ませば花の声が聞こえるかな？
　　　（仔細聽的話，聽得到花的聲音嗎？）

說明	五段動詞（字尾：す）	假定形	說明
	耳を澄ます(仔細聽)	澄ませば	字尾す的 e 段音せ＋ば

名詞	下一段動詞
花の声（花的聲音）	聞こえる（聽得到）

【例】目を凝らせば虫の表情が見えるかな？
　　　（仔細看的話，看得到蟲的表情嗎？）

五段動詞（字尾：す）	假定形	說明
目を凝らす(仔細看)	凝らせば	字尾す的 e 段音せ＋ば

名詞	下一段動詞
虫の表情（蟲的表情）	見える（看得到）

【例】心を澄ませばやるべきことがわかるかな？
　　　（靜心想的話，知道自己該做的事嗎？）

說明	五段動詞(字尾：す)	假定形	說明
	心を澄ます(靜心想)	澄ませば	字尾す的 e 段音せ＋ば

名詞	五段動詞
やるべきこと（該做的事）	わかる（知道）

40
・ソフトクリーム・
霜淇淋

本文
ほんぶん

今日は、暑いなあ。こんな日は、
（今天）（好熱啊）（這樣的日子）

ソフトクリームね。そうだ、買いに行こう。
（就要霜淇淋）（對了！）（去買吧）

二人の会話
ふたり　かいわ

❶「おじちゃん、ちょうだい。」おじちゃん、＋動詞
叔叔，我要買。

❷「はい、１００円。」はい、＋名詞
ひゃくえん
來，給你100日圓。

❸「落とさないでね。」動詞否定形ない＋でね
お
不要掉了喔！

❶ おじちゃん、＋動詞

買東西時跟老闆說：「我要買…」

表達語氣、情緒說明

「おじちゃん、＋動詞」是「人稱＋動詞」的表達法。適用範圍廣泛，動詞可以是「原形或て形」，如果是「て形」，便具有「請…」的語氣。おじちゃん（叔叔）是對年輕男性的親密稱呼，較一般的說法是「おじさん」。

NG！ 正式場合、長輩不適用

【例】おじちゃん、ちょうだい。（叔叔，我要買。）

名詞	說明
ちょうだい （我要買…）	*此字為女性及兒童購物時的常用字。「ソフトクリームちょうだい」（我要買霜淇淋）。

【例】おじちゃん、あげる。（叔叔，給你。）

下一段動詞（字尾：e段音＋る）	補充：相反字
あげる（給予）	もらう（獲得）

【例】おじちゃん、見せて。（叔叔，請讓我看。）

下一段動詞 （字尾：e段音＋る）	て形	說明
見せる（給別人看）	見せて（請給我看）	字尾る 變成て

【例】おじちゃん、貸して。（叔叔，請借我。）

五段動詞（字尾：す）	て形	說明
貸す（借出）	貸して（請借我）	字尾す 變成して

❷ はい、＋名詞

來，給你…

表達語氣、情緒說明

「はい、＋名詞」是「給對方某個東西」的語氣。適用於任何人。

NG！ 除了要給別人東西，其他場合都不適用
"はい"的語氣 「引起對方注意」的語氣

【例】はい、１００円。（來，給你100日圓。）

說明	名詞	補充：替換字
	100円（一百日圓）	箸 - はし（筷子）／スプーン（湯匙）

【例】はい、プレゼント。（來，給你禮物。）

說明	名詞	補充：替換字
	プレゼント（禮物）	コーヒー（咖啡）／お茶 - おちゃ（茶）

【例】はい、手紙。（來，給你信。）

說明	名詞	補充：替換字
	手紙（信件）	タオル（毛巾）／ティシュー（面紙）

【例】はい、鍵。（來，給你鑰匙。）

說明	名詞	補充：替換字
	鍵（鑰匙）	宿題 - しゅくだい（回家作業）／弁当 - べんとう（便當）

❸ 動詞否定形ない＋でね

溫和的提醒 —— 你不要做…喔

表達語氣、情緒說明

「動詞否定形ない＋でね」是一種「溫和的提醒」，提醒對方「不要做某件事」。適用於平輩、晚輩、熟人。

| NG！ | 不適用長輩、陌生人、不需要提醒對方的場合 |

| "ね" 的語氣 | 「提醒別人」的語氣 |

【例】落とさない でね。（不要掉了喔！）

説明	五段動詞（字尾：す）	否定形ない	説明
	落とす（掉落）	落とさない	字尾す的 a 段音さ＋ない

【例】失くさない でね。（不要搞丟喔！）

説明	五段動詞（字尾：す）	否定形ない	説明
	失くす（遺失）	失くさない	字尾す的 a 段音さ＋ない

【例】壊さない でね。（不要弄壞喔！）

説明	五段動詞（字尾：す）	否定形ない	説明
	壊す（弄壞）	壊さない	字尾す的 a 段音さ＋ない

【例】触らない でね。（不要碰觸喔！）

説明	五段動詞（字尾：a 段音＋る）	否定形ない	説明
	触る（觸碰）	触らない	字尾る的 a 段音ら＋ない

41

・わあ、おいしそう・

哇！好像很好吃

本文
（ほんぶん）

今日は楽しい、フリーマーケット。
（きょう）（たの）
（今天很開心）　　　　　　　（來到跳蚤市場）

おいしそうな、お寿司もあるよ。見てると、
　　　　　　　　　　（す）　　　　　　（み）
（看起來很好吃的）　　（壽司也有唷）　　　（看著看著）

おなかがすいてきます。
（肚子開始餓了）

一人の気持ち
（ひとり）（き も）

❶「あっお寿司作ってるよ。」あっ＋名詞＋作ってる＋よ
　　　　（す し つく）
啊，有人在做壽司耶！

❷「近くで見てみようよ。」…で＋見てみよう＋よ
　　（ちか）（み）
我們靠近過去瞧瞧吧！

❸「もうすぐできるよ。」もうすぐ＋動詞原形＋よ
快做好了唷！

❶ あっ＋名詞＋作ってる＋よ

令人驚喜的意外發現 —— 啊，有人在做…耶！

表達語氣、情緒説明

「あっ＋名詞＋作ってる＋よ」是「意外發現了…，感到非常驚喜、驚訝」的語氣。適用於平輩、晚輩、熟人，以及非正式的休閒場合。
作ってる（正在製作…）。

| NG！ | 不適用正式場合、長輩、陌生人 |

| "あっ"的語氣 | 「很開心的發現某樣東西」的語氣 |

| "よ"的語氣 | 「提醒身旁的人」的語氣 |

【例】あっお寿司作ってるよ。（啊，有人在做壽司耶！）

説明	名詞	替換字
	寿司（壽司）	ラーメン（拉麵）／味噌汁 - みそしる（味噌湯）

【例】あっケーキ作ってるよ。（啊，有人在做蛋糕耶！）

説明	名詞	替換字
	ケーキ（蛋糕）	クレープ（可麗餅）／カップケーキ（杯子蛋糕）

【例】あっシュークリーム作ってるよ。（啊，有人在做泡芙耶！）

説明	名詞	替換字
	シュークリーム（泡芙）	たこ焼き - たこやき（章魚燒）／たい焼き - たいやき（鯛魚燒）

【例】あっお家作ってるよ。（啊，有人在蓋房子耶！）

説明	名詞	替換字
	お家（房子）	家具 - かぐ（家具）／小屋 - こや（小木屋）

❷ …で＋見（み）てみよう＋よ

我們一起看看…吧！

表達語氣、情緒說明

「…で＋見てみよう＋よ」是「邀請身旁的人，透過某種方式或工具，一起看…」的語氣。適用於平輩、晚輩、朋友、父母，以及非正式的休閒場合。見てみよう（看一看）。

NG！	不適用正式場合、長輩、陌生人
"よ"的語氣	「邀請身旁的人」的語氣

【例】近（ちか）くで 見（み）てみよう よ。（我們靠近過去瞧瞧吧！）

說明	名詞	替換字
	近く （附近）	現場 - げんば （現場）／ 向こう - むこう （前方、對面）

【例】テレビで 見（み）てみよう よ。（我們用電視瞧瞧吧！）

說明	名詞	替換字
	テレビ （電視）	携帯 - けいたい （手機）

【例】パソコンで 見（み）てみよう よ。（我們用電腦瞧瞧吧！）

說明	名詞	替換字
	パソコン（個人電腦）	テレスコープ （望遠鏡）

【例】字幕（じまく）で 見（み）てみよう よ。（我們看看字幕吧！）

說明	名詞	替換字
	字幕 （字幕）	虫めがね - むしめがね （放大鏡）

❸ もうすぐ＋動詞原形＋よ

提醒、告知旁人 —— 快要做…了唷！

表達語氣、情緒說明

「もうすぐ＋動詞原形＋よ」是「告知旁人，即將要做…」的語氣。適用於平輩、晚輩、熟人、小孩，以及非正式的休閒場合。もうすぐ（即將就要…）。

NG！ 不適用正式場合、長輩、陌生人

"よ"的語氣 「提醒旁人」的語氣

【例】もうすぐできるよ。（快做好了唷！）

說明	上一段動詞 （字尾：i 段音＋る）	補充：替換字
	できる（完成）	食べられる - たべられる（能夠吃）

【例】もうすぐ終わるよ。（快結束了唷！）

說明	五段動詞 （字尾：a 段音＋る）	補充：替換字
	終わる（結束）	卒業する - そつぎょうする（畢業）

【例】もうすぐ来るよ。（快來了唷！）

說明	カ行動詞	補充：替換字
	来る（來）	帰る - かえる（回來）／行く - いく（去）

【例】もうすぐ始まるよ。（快開始了唷！）

說明	五段動詞 （字尾：a 段音＋る）	補充：替換字
	始まる（開始）	休む - やすむ（休息）／中止 - ちゅうし（停止）

ふしぎな<ruby>楽器<rt>がっき</rt></ruby>

神奇的樂器

<ruby>本文<rt>ほんぶん</rt></ruby>

なあに、この<ruby>大<rt>おお</rt></ruby>きな<ruby>楽器<rt>がっき</rt></ruby>？これは、
（是什麼）　　（這個這麼大的樂器）　　（這是）

「ハープ」です。とっても、キレイな<ruby>音<rt>おと</rt></ruby>ですよ。
（豎琴）　　　　　（非常）　　　（優美的音色唷）

<ruby>一人<rt>ひとり</rt></ruby>の<ruby>気持<rt>きも</rt></ruby>ち

❶「どう？キレイな<ruby>音色<rt>ねいろ</rt></ruby>でしょ？」どう？な形容詞＋な＋名詞＋
如何？音色很美吧？　　　　　　　　　でしょ？

❷「ずいぶん<ruby>練習<rt>れんしゅう</rt></ruby>したんだよ。」ずいぶん＋動詞た形＋んだよ
我練得很辛苦的。

❸「けっこうむずかしいんだよ、これ。」けっこう＋い形容詞＋
這是非常難的呀！　　　　　　　　　　　んだよ、これ

❶ どう？な形容詞＋な＋名詞＋でしょ？

向別人炫耀的語氣 —— 如何？…不錯吧？

表達語氣、情緒說明

「どう？な形容詞＋な＋名詞＋でしょ」是「對別人炫耀」，或是「說出某種東西的優點，希望對方也贊同」的語氣。適用於平輩、晚輩、熟人，以及非正式的休閒場合。どう（如何）。

NG！ 不適用長輩、陌生人、不適用正式場合

"でしょ"的語氣 「…吧？」的語氣

【例】どう？キレイな音色（ねいろ）でしょ？（如何？音色很美吧？）

説明 な形容詞	名詞
キレイ（優美、悅耳）	音色（音色）

【例】どう？キレイなドレスでしょ？（如何？很美的洋裝吧？）

説明 な形容詞	名詞
キレイ（美麗、漂亮）	ドレス（洋裝）

【例】どう？ステキなバッグでしょ？（如何？很棒的包包吧？）

説明 な形容詞	名詞
ステキ（很棒、絕佳）	バッグ（包包）

【例】どう？上手（じょうず）な絵（え）でしょ？（如何？很厲害的畫作吧？）

説明 な形容詞	名詞
上手（技巧高超、厲害）	絵（繪畫）

❷ ずいぶん＋動詞た形＋んだよ

我可是費了一番…才能夠…的

表達語氣、情緒說明

「ずいぶん＋動詞た形＋んだよ」是告知、提醒對方「自己很努力、很深刻的完成了…，才能夠…」的語氣。適用於平輩、晚輩、熟人，以及非正式的休閒場合。ずいぶん（非常地、相當地）。

| NG！ | 不適用正式場合、長輩、陌生人 |

| "んだよ"的語氣 | 強調前面的動詞 | "よ"的語氣 | 「提醒」的語氣 |

【例】ずいぶん練習（れんしゅう）したんだよ。（我練得很辛苦的。）

說明	サ行動詞（字尾：する）	た形	說明
	練習する（練習）	練習した	字尾する 變成した

【例】ずいぶん苦労（くろう）したんだよ。（我吃了很多苦頭的。）

說明	サ行動詞（字尾：する）	た形	說明
	苦労する（受苦）	苦労した	字尾する 變成した

【例】ずいぶん工夫（くふう）したんだよ。（我想了很久的。）

說明	サ行動詞（字尾：する）	た形	說明
	工夫する（想方法）	工夫した	字尾する 變成した

【例】ずいぶん勉強（べんきょう）したんだよ。（我唸書唸得很辛苦的。）

說明	サ行動詞（字尾：する）	た形	說明
	勉強する（唸書）	勉強した	字尾する 變成した

❸ けっこう＋い形容詞＋んだよ、これ

這是非常…的呀

表達語氣、情緒說明

「けっこう＋い形容詞＋んだよ」是「向對方說明情形」的語氣。適用於平輩、晚輩、熟人，以及非正式的休閒場合。けっこう（非常…）。

NG！ 不適用正式場合、長輩、陌生人

"んだよ"的語氣 強調前面的「い形容詞」

【例】けっこうむずかしいんだよ、これ。（這是非常難的呀！）

說明	い形容詞	替換字
	むずかしい（困難）	やさしい（簡單）／面倒くさい - めんどうくさい（麻煩）

【例】けっこう簡単だよ、これ。（這是非常簡單的呀！）

說明	な形容詞	替換字
	簡単（簡單）	複雑 - ふくざつ（複雜）／楽 - らく（輕鬆）

＊「な形容詞」的話，則是「な形容詞＋だよ」，沒有「ん」。

【例】けっこうきついんだよ、これ。（這是非常嚴苛的呀！）

說明	い形容詞	替換字
	きつい（嚴苛）	まずい（難吃）／熱い - あつい（燙）

【例】けっこう高いんだよ、これ。（這是非常昂貴的呀！）

說明	い形容詞	替換字
	高い（昂貴）	安い - やすい（便宜）／珍しい - めずらしい（稀有）

43
ウサギとカメ
兔子與烏龜

<ruby>本文<rt>ほんぶん</rt></ruby>

ウサギは、ちょっと　　いじわる。カメ を、
（兔子）　　　　（有一點）　　　　（壞心眼）　　　　（烏龜）

からかいます。でも　　<ruby>本当<rt>ほんとう</rt></ruby>は、なかよし。
（嘲笑）　　　（但…）　　（其實是）　　（好朋友）

<ruby>二人<rt>ふたり</rt></ruby>の<ruby>会話<rt>かいわ</rt></ruby>

❶「ほれほれカメ<ruby>君<rt>くん</rt></ruby>、ここまでおいで。」ほれほれ＋…まで＋動詞て形
來來，烏龜君，來這裡。

❷「ボクに <ruby>追<rt>お</rt></ruby>いつける かな？」名詞＋に＋追いつける＋かな？
你能追得上我嗎？

❸「ウサギ<ruby>君<rt>くん</rt></ruby>、キミ<ruby>走<rt>はし</rt></ruby>る　　キミ＋動詞原形＋のだけは＋
のだけは<ruby>速<rt>はや</rt></ruby>いんだね。」　　い形容詞＋んだね
兔子君，你也只有跑得快而已啊！

❹「ボクは<ruby>走<rt>はし</rt></ruby>れないけど、<ruby>泳<rt>およ</rt></ruby>ぐ　　…は＋動詞可能形否定＋けど、
のはうまいんだよ。」　　　　　動詞＋のは＋い形容詞＋んだよ
我雖然不會跑，但游泳是很屬害的呀！

❶ ほれほれ＋…まで＋動詞て形

「來來，請你…」的提醒語氣

表達語氣、情緒說明

「ほれほれ＋…まで＋動詞て形」是「提醒對方」的語氣。非常輕鬆、帶點玩笑的意味，只適用於非常熟悉、可以開玩笑的朋友，以及非正式的休閒場合。まで（直到…為止）。

| NG！ | 不適用正式場合、交情淺不能開玩笑的人 |

| "ほれほれ"的語氣 | 「來來」、「出聲叫對方」的語氣 |

【例】 <u>ほれほれ</u>カメ君、ここ<u>まで</u>おいで。
　　　（來來，烏龜君，來這裡。）

<table>
<tr><td rowspan="2">說明</td><td>「来る」的尊敬語</td><td>說明</td></tr>
<tr><td>おいで（您來）</td><td>＊這裡故意用「尊敬語」表示「開玩笑、逗弄對方」的語氣。</td></tr>
</table>

【例】 <u>ほれほれ</u>お兄さん、線<u>まで</u>下がって。
　　　（來來，哥哥，請退到線之後。）

<table>
<tr><td rowspan="2">說明</td><td>五段動詞
（字尾：a段音＋る）</td><td>て形</td><td>說明</td></tr>
<tr><td>下がる（後退）</td><td>下がって</td><td>字尾る 變成って</td></tr>
</table>

【例】 <u>ほれほれ</u>おばさん、2時<u>まで</u>待って。
　　　（來來，太太，請等到兩點。）

<table>
<tr><td rowspan="2">說明</td><td>五段動詞（字尾：つ）</td><td>て形</td><td>說明</td></tr>
<tr><td>待つ（等待）</td><td>待って</td><td>字尾る 變成って</td></tr>
</table>

❷ 名詞＋に＋追^おいつける＋かな？

帶著期待的疑問—你能追得上…嗎？

表達語氣、情緒說明

「名詞＋に＋追いつける＋かな」是「雖然心中存疑，但仍期望對方能追得上…」的語氣。適用於平輩、晚輩、熟人，以及非正式的休閒場合。
追いつける（追趕上）。

NG！ 不適用商務洽公、長輩、陌生人

"かな"的語氣 「疑問」的語氣

【例】ボクに 追いつける かな？（你能追得上我嗎？）

說明	名詞	說明
	ボク(男性自稱"我")	*「ボク」原是「男性自稱用語」，這裡把兔子擬人化，所以也用「ボク」。

【例】あの 車^{くるま} に 追いつける かな？（你能追得上那部車嗎？）

說明	連體詞（後面＋名詞）	名詞
	あの（那個…）	車（車子）

【例】ライバル会社^{がいしゃ}に 追いつける かな？（你能趕上競爭對手公司嗎？）

說明	名詞	名詞
	ライバル（敵手、對手）	会社（公司）

【例】目標^{もくひょう} に 追いつける かな？（你能趕上目標嗎？）

說明	名詞	補充：替換字
	目標（目標）	先輩 - せんぱい（前輩）／ 西洋 - せいよう（西方國家）

❸ キミ＋動詞原形＋のだけは＋い形容詞＋んだね

挖苦的語氣—你也只有…而已啊！

表達語氣、情緒說明

「キミ＋動詞原形＋のだけは＋い形容詞＋んだね」是一種「玩笑似的挖苦」的語氣。適用於平輩、晚輩、熟人，以及非正式的休閒場合。
キミ（你）是輕鬆的稱呼，適用於平輩、晚輩。

NG！ 不適用長輩、陌生人、不能挖苦對方或開玩笑的時候

" …のだけは " 的語氣　「只有…」的語氣　" んだね " 的語氣　「感嘆」的語氣

【例】ウサギ君、<u>キミ</u>走<u>るのだけは</u>速<u>いんだね</u>。
　　　（兔子君，你也只有跑得快而已啊！）

說明	名詞	五段動詞（例外字）	い形容詞
	君（在男性同輩、晚輩的姓氏或名字之後所加的親暱稱呼）	走る（跑步）	速い（速度快）

【例】田中君、<u>キミ</u>字を打<u>つのだけは</u>速<u>いんだね</u>。
　　　（田中君，你也只有打字快而已啊！）

說明	名詞	五段動詞（字尾：つ）	い形容詞
	君（同上）	字を打つ（打字）	速い（速度快）

【例】鈴木君、<u>キミ</u>料理す<u>るのだけは</u>うま<u>いんだね</u>。
　　　（鈴木君，你也只有擅長烹飪而已啊！）

說明	名詞	サ行動詞（字尾：する）	い形容詞
	君（同上）	料理する（烹飪）	うまい（拿手、在行）

【例】上野君、<u>キミ</u>歌<u>うのだけは</u>うま<u>いんだね</u>。
　　　（上野君，你也只有唱歌拿手而已啊！）

說明	名詞	五段動詞（字尾：う）	い形容詞
	君（同上）	歌う（唱歌）	うまい（拿手、在行）

❹ …は＋動詞可能形否定＋けど、動詞＋のは＋い形容詞＋んだよ

帶點炫耀的語氣 —— 我不擅長…，可是…卻很厲害呀！

表達語氣、情緒說明

「…は＋動詞可能形否定＋けど、動詞＋のは＋い形容詞＋んだよ」是「我雖然不會某一項，可是…卻是很厲害的」的炫耀語氣。適用於平輩、晚輩、熟人，以及非正式的休閒場合。

| NG！ | 不適用正式場合、長輩、陌生人 |

| "けど"的語氣 | 「雖然…」的口吻 | "んだよ"的語氣 | 「提醒對方」的語氣 |

【例】ボクは走(はし)れないけど、泳(およ)ぐのはうまいんだよ。
（我雖然不會跑，但游泳是很厲害的呀！）

說明	五段動詞（例外字）	可能形否定	說明
	走る（跑步）	走れない	字尾る的 e 段音れ＋ない

	五段動詞（字尾：ぐ）		い形容詞
	泳ぐ（游泳）		うまい（拿手、在行）

【例】ボクは泳(およ)げないけど、走(はし)るのは速(はや)いんだよ。
（我雖然不會游泳，但我跑步是很快的呀！）

說明	五段動詞（字尾：ぐ）	可能形否定	說明
	泳ぐ（游泳）	泳げない	字尾ぐ的 e 段音げ＋ない

	五段動詞（例外字）		い形容詞
	走る（跑步）		うまい（拿手、在行）

【例】ボクは英語(えいご)しゃべれないけど、書(か)くのはうまいんだよ。
（我雖然英文說得不好，但寫作是很厲害的呀！）

說明	五段動詞（例外字）	可能形否定	說明
	英語しゃべる(說英語)	しゃべれない	字尾る的 e 段音れ＋ない

	五段動詞（字尾：く）		い形容詞
	書く（寫）		うまい（拿手、在行）

44

・がんばったのに…・
我這麼努力，可是…

<ruby>本文<rt>ほんぶん</rt></ruby>

がんばって、 ９５点！とっても、うれしい。
（努力，然後…）　　　（考 95 分）　　　（非常）　　　　（開心）

でも<ruby>先生<rt>せんせい</rt></ruby>、どうして？？？
（但是老師）　　（為什麼…）

<ruby>一人<rt>ひとり</rt></ruby>の<ruby>気持<rt>きも</rt></ruby>ち

❶ 「まだダメ。５<ruby>点<rt>ごてん</rt></ruby>も<ruby>間違<rt>まちが</rt></ruby>えた　　まだ…。名詞＋も＋動詞＋
　　じゃないか。」　　　　　　　　　　じゃないか

　　還不行，還錯了 5 分不是嗎？

❷ 「 ９５<ruby>点<rt>きゅうじゅうごてん</rt></ruby>も<ruby>取<rt>と</rt></ruby>ったのに　　…も＋動詞た形＋のに＋
　　ダメなの？」　　　　　　　　　　　な形容詞＋なの？

　　已經得了 95 分，還不行嗎？

❸ 「<ruby>少<rt>すこ</rt></ruby>しは<ruby>褒<rt>ほ</rt></ruby>めて くれても いいん　　少しは＋動詞て形＋くれても＋
　　じゃないの？」　　　　　　　　　　いいんじゃないの？

　　稍微稱讚我一下，總可以吧！

❶ まだ…。名詞＋も＋動詞＋じゃないか

數落人的語氣 —— 還是有…，不是嗎？

表達語氣、情緒說明

「まだ…。名詞＋も＋動詞＋じゃないか」是一種「看到實際證據，並數落、責備對方」的語氣。適用於平輩、晚輩、熟人。まだ（還…），じゃないか（不是嗎）。

NG！ 不適用長輩、陌生人、老師、以及不該責怪對方的場合 "じゃないか"的語氣 「看到證據而譴責對方」的語氣

【例】まだダメ。５点も間違えたじゃないか。
（還不行，還錯了５分不是嗎？）

說明	下一段動詞 （字尾：e段音＋る）	た形	說明
	間違える（錯誤）	間違えた（出錯了）	字尾る 變成た

【例】まだ早い。５年もあるじゃないか。
（還早，還有５年不是嗎？）

說明	い形容詞	名詞	動詞
	早い（時間還早）	５年（五年）	ある（有）

【例】まだ大丈夫。５分もあるじゃないか。
（還來得及，還有５分鐘不是嗎？）

說明	な形容詞	名詞	動詞
	大丈夫（沒問題、不要緊）	５分（五分鐘）	ある（有）

【例】まだ重い。６０kgもあるじゃないか。
（還很重，還有60公斤不是嗎？）

說明	い形容詞	名詞	動詞
	重い（重、沉重）	６０kg（60公斤）	ある（有）

❷ …も＋動詞た形＋のに＋な形容詞＋なの？

用疑問表達抗議──做到這樣子，還不行嗎？

表達語氣、情緒說明

「…も＋動詞た形＋のに＋な形容詞＋なの？」是「利用提出反問、來表達抗議」的語氣。適用於所有可以提出抗議的場合，也適用於任何人。

| NG！ | 不該提出抗議的場合，則不適用 |

| "…のに"的語氣 | 雖然已經…、既然… |

| "なの"的語氣 | 「…嗎？」，溫和的疑問語氣 |

【例】9　　５点も取ったのにダメなの？（已經得了95分，還不行嗎？）
<ruby>きゅうじゅうごてん<rt></rt></ruby> と

說明	五段動詞（字尾：o段音＋る）	た形	說明
	取る（取得）	取った（已取得）	字尾る 變成っ＋た

名詞	な形容詞	說明
点（分數）	ダメ（不行）	ダメなの（不行嗎）

【例】3回も頼んだのにダメなの？（已經拜託3次了，還不行嗎？）
さんかい たの

說明	五段動詞（字尾：む）	た形	說明
	頼む（拜託）	頼んだ（已拜託）	字尾む 變成ん＋だ

名詞	な形容詞	說明
回（次數）	ダメ（不行）	ダメなの（不行嗎）

【例】3時間も待ったのにまだなの？（已經等了3個小時，還沒好嗎？）
さんじかん ま

說明	五段動詞（字尾：つ）	た形	說明
	待つ（等待）	待った（已等了）	字尾つ 變成っ＋た

名詞	な形容詞	說明
時間（小時）	まだ（還沒）	まだなの（還沒好嗎）

❸ 少しは＋動詞て形＋くれても＋いいんじゃないの？

你至少該對我做…吧！

表達語氣、情緒說明

「少しは＋動詞て形＋くれても＋いいんじゃないの」是「要求、希望對方必須對你做…」的語氣。適用於可提出要求的對象。少しは（稍微）。

| NG！ | 不可提出要求的對象及場合，則不適用 |

| "動詞て形＋くれても" 的語氣 | 「你對我這麼做的話…」的語氣 |

| "いいんじゃないの" 的語氣 | 「也總該可以吧！」的語氣 |

【例】少しは褒めて くれても いいんじゃないの？
　　　（稍微稱讚我一下，總可以吧！）

說明	下一段動詞（字尾：e段音＋る）て形		說明
	褒める（稱讚）	褒めて	字尾る 變成て

【例】少しは貸して くれても いいんじゃないの？
　　　（稍微借我一點錢，總可以吧！）

說明	五段動詞（字尾：す）て形		說明
	貸す（出借給別人）	貸して	字尾す 變成して

【例】少しは助けて くれても いいんじゃないの？
　　　（稍微幫我一下，總可以吧！）

說明	下一段動詞（字尾：e段音＋る）て形		說明
	助ける（幫助）	助けて	字尾る 變成て

【例】少しは 考 えて くれても いいんじゃないの？
　　　（稍微替我想一下，總可以吧！）

說明	下一段動詞（字尾：e段音＋る）て形		說明
	考える（考慮、思考）	考えて	字尾る 變成て

日本の四季

日本的四季

雪景

經葉

櫻花

楓紅

本文

冬は、かわいい雪だるま。春は、きれいな桜。
（冬天）　　　（可愛的雪人）　　（春天）　　（美麗的櫻花）

夏は、まぶしい緑。秋は、しんみりな紅葉。
（夏天）　（耀眼的綠色）　　（秋天）　　（沉靜的楓葉）

一人の気持ち

❶「ホラ見て、誰かが雪だるま作ってるよ。」　ホラ見て、誰かが＋
　你看，有人在做雪人耶！　　　　　　　　　　　動詞てる形＋よ

❷「桜吹雪。春爛漫だなぁ。」　名詞。…だなぁ
　櫻花飛舞，正是春天的氣息啊！

❸「緑の葉がきれいだね。」　…が＋きれい＋だね
　綠色的樹葉很漂亮吧！

❹「あっもみじ。」　あっ＋名詞
　啊！是楓葉。

❺「『天高く馬肥ゆる秋』だね。」　諺語＋だね。
　正是『秋高氣爽馬兒肥』啊！

❶ ホラ見(み)て、誰(だれ)かが＋動詞てる形＋よ

你看、你看，有人在做…耶！

表達語氣、情緒說明

「ホラ見て、誰かが＋動詞てる形＋よ」是「提醒對方看…」的語氣，多半是針對一些休閒的生活話題。適用對象沒有限制。ホラ見て（你看），誰かが（有某一個人）。

| NG！ | 不適用正式場合、職場 | "よ"的語氣 | 「耶～」的語氣 |

【例】ホラ見(み)て、誰(だれ)かが雪(ゆき)だるま作(つく)ってるよ。
　　　（你看，有人在做雪人耶！）

說明	五段動詞 （字尾：u段音＋る）	てる形	說明
	作る（製作）	作ってる	字尾る 變成っ＋てる

【例】ホラ見(み)て、誰(だれ)かがストリートダンス練習(れんしゅう)してるよ。
　　　（你看，有人在練習街舞耶！）

說明	サ行動詞（字尾：する）	て形	說明
	練習する（練習）	練習してる	字尾する 變成し＋てる

【例】ホラ見(み)て、誰(だれ)かが手品(てじな)してるよ。
　　　（你看，有人在變魔術耶！）

說明	サ行動詞（字尾：する）	て形	說明
	手品する(變魔術)	手品してる	字尾する 變成し＋てる

【例】ホラ見(み)て、誰(だれ)かが歌(うた)を歌(うた)ってるよ。
　　　（你看，有人在唱歌耶！）

說明	五段動詞（字尾：う）	て形	說明
	歌を歌う（唱歌）	歌を歌ってる	字尾う 變成っ＋てる

❷ 名詞。…だなぁ

看到某些景象、事物，引發心中感慨…

表達語氣、情緒說明

「名詞。…だなぁ」是「看到某種景象、事物，而引發心中感概」的語氣。有時候是自己的有感而發，也有「說給別人聽、希望獲得共鳴」的意思。

NG！ 沒有不適用的場合、對象

"だなぁ"的語氣 「心情沉浸於感慨中」的語氣

【例】桜吹雪。春爛漫だなぁ。（櫻花飛舞，正是春天的氣息啊！）
さくらふぶき　はるらんまん

説明	名詞	名詞
	桜吹雪 - さくらふぶき （櫻花飛舞的樣子）	春爛漫 - はるらんまん （春天繽紛浪漫的氣息）

【例】粉雪。冬全開だなぁ。 （雪花紛飛，正是寒冬之際啊！）
こなゆき　ふゆぜんかい

説明	名詞	名詞
	粉雪 - こなゆき （雪花紛飛的樣子）	冬全開 - ふゆぜんかい （寒冬之際）

【例】海。夏真っ盛りだなぁ。 （大海，是盛夏的氣氛啊！）
うみ　なつま　さか

説明	名詞	名詞
	海 - うみ（大海）	夏真っ盛り - なつまっさかり （盛夏時節）

【例】枯葉。秋到来だなぁ。 （枯葉，是秋天到來的訊息啊！）
かれは　あきとうらい

説明	名詞	名詞
	枯葉 - かれは（枯葉）	秋到来 - あきとうらい （秋天到來）

❸ …が＋きれい＋だね

…很漂亮啊，你也覺得嗎？

表達語氣、情緒說明

「…が＋きれい＋だね」是「表達自己的感想，覺得…很漂亮，並希望對方也有同感」的語氣。適用於平輩、晚輩、以及可發表個人意見的場合。如果對長輩說，字尾的「だね」要改成「ですね」較恰當。きれい（漂亮）。

| NG！ | 不適用長輩、陌生人、以及不宜發表個人感想的場合 |

| "だね"的語氣 | 「我這麼認為，你覺得呢？」的語氣 |

【例】 緑 の葉が きれい だね。（綠色的樹葉很漂亮吧！）

說明	名詞	說明
	緑の葉（綠葉）	*日文的「綠色」是「名詞」，沒有「い形容詞」的表現法。名詞與名詞之間，需用「の」連接，所以是「緑の葉」。

【例】 白い雪が きれい だね。（白色的雪很漂亮吧！）

說明	い形容詞	名詞
	白い（白色的）	雪（雪）

【例】 青い海が きれい だね。（蔚藍的海洋很漂亮吧！）

說明	い形容詞	名詞
	青い（藍色的）	海（海洋）

【例】 赤いもみじが きれい だね。（紅色的楓葉很漂亮吧！）

說明	い形容詞	名詞
	赤い（紅色的）	もみじ（楓葉）

❹ あっ＋名詞

發現了美麗、有趣、罕見的東西 —— 啊！那是…

表達語氣、情緒說明

「あっ＋名詞」是「發現了美麗、有趣的東西時，不經意地發出讚嘆，並提醒別人也注意」的語氣。適用於任何場合與對象。

| NG！ | 不需要特別提醒別人注意的場合，則不適用 |

| "あっ"的語氣 | 「啊！」的語氣 |

【例】 <u>あっ</u>もみじ。 （啊！是楓葉。）

說明	名詞	補充：替換字
	もみじ（楓葉）	ライオン（獅子）／ゾウ（大象）

【例】 <u>あっ</u>雪（ゆき）。 （啊！是雪。）

說明	名詞	補充：替換字
	雪（雪）	いなずま（閃電）／雷 - かみなり（打雷）

【例】 <u>あっ</u>虹（にじ）。 （啊！是彩虹。）

說明	名詞	補充：替換字
	虹（彩虹）	熱気球 - ねつききゅう（熱氣球）

【例】 <u>あっ</u>ＵＦＯ（ユーフォー）。 （啊！是幽浮。）

說明	名詞	補充：替換字
	ＵＦＯ（幽浮）	飛行船 - ひこうせん（飛行船）

❺ 諺語＋だね。

正好印證俗話所說的 ——『……』啊！

表達語氣、情緒說明

「諺語＋だね。」是「眼前所見、或所感受到的現象，正好吻合某一句諺語」的語氣。適用於平輩、晚輩、以及可發表個人意見的場合。如果對長輩說，字尾的「だね」要改成「ですね」較恰當。

NG！ 不適用長輩、陌生人、以及不宜發表自我感想的場合

"だね"的語氣 「這該說是…」的語氣

【例】『天高く馬肥ゆる秋』だね。（正是『秋高氣爽馬兒肥』啊！）

說明	說明	補充：相關字
	*此諺語形容：秋季氣候清爽舒適，天地萬物蓬勃生長、欣欣向榮。	空 - そら （天空）／ 馬 - うま （馬）

【例】『食欲の秋』だね。（正是『秋天令人食欲大開』啊！）

說明	名詞	補充：相關字
	食欲 - しょくよく（食欲）	食事 - しょくじ（飲食）／ 会食 - かいしょく（聚餐）

【例】『芸術の秋』だね。（正是『秋天最有藝術氣息』啊！）

說明	名詞	補充：相關字
	芸術 - げいじゅつ（藝術）	文化 - ぶんか（文化）／ お祭り - おまつり（祭典）

【例】『スポーツの秋』だね。（正是『秋天最適合運動』啊！）

說明	名詞	補充：相關字
	スポーツ（運動）	スポーツマン（運動員）

・みんな、おいでよ・
大家一起來吧！

本文（ほんぶん）

いっしょに、遊（あそ）びましょう！あなたも、
　（一起）　　　　　（遊玩吧）　　　　　　（你也是）

私（わたし）たちのなかま。みんな、なかよし。
　（我們的夥伴）　　　　　（大家）　　　（好朋友）

一人（ひとり）の気持（きも）ち

❶「ねえ、仲間（なかま）に 入（はい）らない？」ねえ、名詞＋に＋入らない？
喂，要不要成為我們的夥伴？

❷「みんなで 遊（あそ）ぶと 楽（たの）しいよ。」みんなで＋動詞＋と＋い形容詞＋よ
大家一起玩才好玩唷！

❸「人（ひと）が 多（おお）いと 色々（いろいろ）遊（あそ）べるよ。」…＋が＋多い＋と＋色々＋動詞
可能形＋よ
人多的話，就有很多玩法唷！

❶ ねえ、名詞＋に＋入(はい)らない？

喂，你要不要加入…？

表達語氣、情緒說明

「ねえ、名詞＋に＋入らない」是「邀請別人加入、共同參與某件事」的語氣。適用於平輩、晚輩，或是希望跟他發展友誼的人。「…に入る」（加入…），是肯定語氣，用否定形的「…に入らない？」（要不要加入…？）來表示邀約。

NG！ 不適用長輩、以及不宜搭訕的場合

"ねえ"的語氣 「邀請別人」的語氣

【例】ねえ、仲間(なかま)に 入(はい)らない？（喂，要不要成為我們的一員？）

説明	名詞	常用語
	仲間（夥伴、同伴）	仲間に入る（加入成為一員）

【例】ねえ、保険(ほけん)に 入(はい)らない？（喂，要不要投保？）

説明	名詞	常用語
	保険（保險）	保険に入る（投保、買保險）

【例】ねえ、剣道部(けんどうぶ)に 入(はい)らない？（喂，要不要加入劍道社？）

説明	名詞	常用語
	剣道部（劍道社）	剣道部に入る（加入劍道社團）

【例】ねえ、お化(ば)け屋敷(やしき)に 入(はい)らない？（喂，要不要進鬼屋？）

説明	名詞	常用語
	お化け屋敷（鬼屋）	お化け屋敷に入る（進入鬼屋）

❷ みんなで＋動詞＋と＋い形容詞＋よ

「呼籲大家一起做…」的語氣

表達語氣、情緒說明

「みんなで＋動詞＋と＋い形容詞＋よ」是「呼籲、告訴大家一起做…，會有什麼效果」的語氣。適用非正式的休閒場合，適用於平輩、晚輩，或是希望跟他發展友誼的人。みんなで（大家一起）。

| NG！| 不適用正式場合、長輩 |

| "よ"的語氣 | 「提醒」的語氣 |

【例】みんなで遊ぶと楽しいよ。（大家一起玩才好玩唷！）

説明	五段動詞（字尾：ぶ）	い形容詞
	遊ぶ（遊玩）	楽しい（開心）

【例】みんなで入ると恐くないよ。（大家一起進去就不會怕唷！）

説明	五段動詞（例外字）	い形容詞	説明
	入る（進入）	恐い（可怕）	*「恐い」的否定形「恐くない」

【例】みんなで練習すると楽しいよ。（大家一起練習才開心唷！）

説明	サ行動詞（字尾：する）	い形容詞
	練習する（練習）	楽しい（開心）

【例】みんなで食べるとおいしいよ。（大家一起吃才好吃唷！）

説明	下一段動詞（字尾：e段音＋る）	い形容詞
	食べる（吃）	おいしい（美味）

❸ …＋が＋多い＋と＋色々＋動詞可能形＋よ

有很多…，就有更多可能唷！

表達語氣、情緒說明

「…＋が＋多い＋と＋色々＋動詞可能形＋よ」是「提醒大家如果有很多…，就有更多可能」的語氣。適用非正式的休閒場合，適用於平輩、晚輩，或是希望跟他發展友誼的人。多い（多的），色々（各式各樣）。

NG！ 不適用正式場合、長輩　　"と"的語氣 「如果…的話」的語氣

"よ"的語氣 「提醒」的語氣

【例】人が 多いと 色々遊べるよ。

（人多的話，就有很多玩法唷！）

五段動詞（字尾：ぶ）	可能形	說明
遊ぶ（遊玩）	遊べる	字尾ぶ的 e 段音べ＋る

【例】品が 多いと 色々選べるよ。

（東西多的話，就可以選很多種唷！）

五段動詞（字尾：ぶ）	可能形	說明
選ぶ（挑選）	選べる	字尾ぶ的 e 段音べ＋る

【例】趣味が 多いと 色々遊べるよ。

（興趣多的話，可以玩很多遊戲唷！）

五段動詞（字尾：ぶ）	可能形	說明
遊ぶ（遊玩）	遊べる	字尾ぶ的 e 段音べ＋る

【例】お金が 多いと 色々買えるよ。

（錢多的話，可以買很多東西唷！）

五段動詞（字尾：う）	可能形	說明
買う（購買）	買える	字尾う的 e 段音え＋る

•ちょっとまずかった?•
不太好吃嗎?

味噌汁

本文
ほんぶん

初めての、味噌汁。ちょっと、失敗?
（第一次做的）　（味噌湯）　　（有點）　（失敗）

今度は、うまくいくよ!
こんど
（下次）　　　（會做得更好）

一人の気持ち
ひとり　きも

❶ 「うげっまずい。」 うげっ＋い形容詞

嗚嘔～好難吃!

❷ 「なんだこりゃ。」 疑問詞＋だ＋…りゃ

這是什麼東西!

❸ 「これ、しょっぱすぎる ぞ。」 （男用語）い形容詞（去掉い）＋す
（男用語）這個太鹹了!　　　　　　ぎる＋ぞ

❹ 「これ、しょっぱすぎる わ。」 （女用語）い形容詞（去掉い）＋す
（女用語）這個太鹹了!　　　　　　ぎる＋わ

❶ うげっ＋い形容詞

嗚嘔～難吃、噁心、過分！

表達語氣、情緒說明

「うげっ＋い形容詞」是描述「食物非常難吃，令人覺得噁心」，以及「情緒極端不舒服」的語氣。多半是瞬間的自然反應，不經意冒出來的話。
適用於非正式的休閒場合。

NG！ 不適用正式場合

"うげっ"的語氣 「嗚嘔～」、「感覺噁心」的語氣

【例】うげっまずい。（嗚嘔～好難吃！）

說明	い形容詞	補充：替換字
	まずい（難吃的）	苦い - にがい（苦澀的）

*另一個意思是「情況不妙」

【例】うげっからい。（嗚嘔～好辣！）

說明	い形容詞	補充：替換字
	からい（辛辣的）	しょっぱい（鹹的）

【例】うげっあまい。（嗚嘔～好甜！）

說明	い形容詞	補充：否定形ない
	あまい（甜的）	あまくない（不甜的）

【例】うげっひどい。（嗚嘔～好過分、好慘！）

說明	い形容詞	補充：否定形ない
	ひどい（過分的、嚴重的）	ひどくない（不過分的）

❷ 疑問詞＋だ＋…りゃ

「批評、吐槽、懷疑」的語氣

表達語氣、情緒說明

「疑問詞＋だ＋…りゃ」是一種「批評、吐槽、懷疑」的語氣。多半是瞬間產生的自然反應，不經意冒出來的、自己對自己說的話。適用於非正式的休閒場合。「…りゃ」是代名詞的語尾，常見的有「こりゃ」、「そりゃ」、「ありゃ」。

NG！ 不適用正式場合

【例】なんだこりゃ。（這是什麼東西！）

說明	疑問詞	代名詞
	なんだ（是什麼）	こりゃ（這…、這東西）

【例】なんだありゃ。（那是什麼東西！）

說明	疑問詞	代名詞
	なんだ（是什麼）	ありゃ（那…、距離較遠的那東西）

【例】誰だそりゃ。（你說的那是誰！）

說明	疑問詞	代名詞
	誰だ（是誰）	そりゃ（那…、那東西）

【例】いつだそりゃ？（你說的那是什麼時候！）

說明	疑問詞	代名詞
	いつだ（是何時）	そりゃ（那…、那東西）

❸ （男用語）い形容詞（去掉い）＋すぎる＋ぞ

舉出具體原因吐槽、表達不滿

表達語氣、情緒說明

「い形容詞＋すぎる＋ぞ」是男生用語，是「說出具體原因吐槽、表達不滿」的語氣。適用於平輩、晚輩、熟人，以及適合提出抗議的場合。
…すぎる（太過於…）。

| NG！ | 不適用長輩、陌生人、不適合提出抗議的場合 |

| "ぞ"的語氣 | 男生用的斷定語氣 |

【例】これ、しょっぱすぎる ぞ。（這個太鹹了！）

說明	い形容詞	すぎる形	說明
	しょっぱい（酸的）	しょっぱすぎる	字尾去掉い後＋すぎる

【例】これ、甘^{あま}すぎる ぞ。（這個太甜了！）

說明	い形容詞	すぎる形	說明
	甘い（甜的）	甘すぎる	字尾去掉い後＋すぎる

【例】これ、むずかしすぎる ぞ。（這個太難了！）

說明	い形容詞	すぎる形	說明
	むずかしい（困難的）	むずかしすぎる	字尾去掉い後＋すぎる

【例】キミ、ケチすぎる ぞ。（你太小氣了！）

說明	な形容詞	すぎる形	說明
	ケチ（吝嗇）	ケチすぎる	*如果是「な形容詞」，直接加上「すぎる」。

❹ （女用語）い形容詞（去掉い）＋すぎる＋わ

舉出具體原因吐槽、表達不滿

表達語氣、情緒說明

「い形容詞＋すぎる＋わ」是女生用語，是「說出具體原因吐槽、表達不滿」的語氣。因為一般人普遍較能接受女生的牢騷抱怨，所以沒有不適用的對象。只要是適合提出抗議的場合，都可以說。…すぎる（太過於…）。

| NG！ | 不宜發表個人意見的場合 |

| "わ"的語氣 | 女性的斷定語氣，語氣較溫和 |

【例】 これ、しょっぱすぎる わ。（這個太鹹了！）

說明	い形容詞	すぎる形	說明
	しょっぱい（酸的）	しょっぱすぎる	字尾去掉い後＋すぎる

【例】 これ、高すぎる わ。（這個太貴了！）

說明	い形容詞	すぎる形	說明
	高い（昂貴的）	高すぎる	字尾去掉い後＋すぎる

【例】 部長、厳しすぎる わ。（經理太嚴苛了！）

說明	い形容詞	すぎる形	說明
	厳しい（嚴厲的）	厳しすぎる	字尾去掉い後＋すぎる

【例】 今日、暑すぎる わ。（今天太熱了！）

說明	い形容詞	すぎる形	說明
	暑い（炎熱的）	暑すぎる	字尾去掉い後＋すぎる

また来年
雪人先生，明年見！

本文

ゆきだるまが、こんにちは。春が来ると、
（雪人）　　　　（說"你好"）　　　（春天一來）

さよなら。でもきっと、また来るよ。
（就要"再見"）　　　　（但是，一定會再來的）

一人の気持ち

❶「ボクゆきだるま。」（男用語）ボク＋名詞
（男用語）我是雪人。

❷「あたし雪だるま。」（女用語）あたし＋名詞
（女用語）我是雪人。

❸「きのうできたんだ。」（男用語）時間點＋動詞た形＋んだ
（男用語）是昨天形成的喔！

❹「きのうできたのよ。」（女用語）時間點＋動詞た形＋のよ
（女用語）是昨天形成的喔！

❺「雪が溶けたらさよなら。」名詞＋が＋動詞たら＋…
雪一旦融化，就要說再見。

❻「でも来年、冬が来たらまた来るからね。」…が来たら＋また＋動詞＋からね
可是明年，冬天一到我就會再來了。

226

❶ （男用語）ボク＋名詞

「年幼、年輕的男生介紹自己」的語氣

表達語氣、情緒說明

「ボク＋名詞」是男生的自我介紹用語，可用來說明「姓名、年齡、職位、角色」等。適用於非正式的休閒場合，對象沒有限制。ボク（年幼、年輕男生自稱 "我"）。

NG！ 「ボク」的說法，不適用正式場合

【例】ボクゆきだるま。 （我是雪人。）

【例】ボクドラえもん。 （我是哆啦A夢。）

【例】ボクどざえもん。 （我是「土左衛門」。）

【例】ボク6歳（ろくさい）。 （我六歲。）

❷ （女用語）あたし＋名詞

「年幼、年輕的女生介紹自己」的語氣

表達語氣、情緒說明

同上。不過女生要用「あたし」（年幼、年輕女生自稱 "我"）。

NG！ 「あたし」的說法，不適用正式場合

【例】あたし雪（ゆき）だるま。 （我是雪人。）

【例】あたし女子高生（じょしこうせい）。 （我是高中女生。）

【例】あたしすっぴん。 （我沒化妝。）

【例】あたしかわいい。 （我很可愛。）

❸ （男用語）時間點＋動詞た形＋んだ

男生的說明語氣 —— 是…的時候做好的喔！

表達語氣、情緒說明

「時間點＋動詞た形＋んだ」是男生用語，是「特別說明某件事完成、形成的時間點」的語氣。適用於平輩、晚輩、熟人、以及非正式的休閒場合。

| NG！ | 不適用正式場合、長輩、陌生人 |

| "んだ"的語氣 | 「強調」的語氣 |

【例】きのうできた んだ。（是昨天形成的喔！）

說明	上一段動詞 （字尾：i 段音＋る）	た形	說明
	できる（完成）	できた	字尾る 變成た

【例】きのう来た んだ。（是昨天來的喔！）

說明	カ行動詞	た形	說明
	来る - くる（來）	来た - きた	＊「来る」的各種「形」都沒有規則，務必要熟記。

【例】きのう買った んだ。（是昨天買的喔！）

說明	五段動詞（字尾：う）	た形	說明
	買う（購買）	買った	字尾う 變成っ＋た

【例】さっき聞いた んだ。（是剛才聽到的喔！）

說明	五段動詞（字尾：く）	た形	說明
	聞く（聽）	聞いた	字尾く 變成い＋た

228

❹ （女用語）時間點＋動詞た形＋のよ

女生的說明語氣 —— 是…的時候做好的喔！

表達語氣、情緒說明

「時間點＋動詞た形＋のよ」是女生用語，是「特別說明某件事完成、形成的時間點」的語氣。適用於平輩、晚輩、熟人、以及非正式的休閒場合。

| NG！ | 不適用正式場合、長輩、陌生人 |

| "のよ" 的語氣 | 女生的說明語氣 |

【例】きのうできた のよ。（是昨天形成的喔！）

說明	上一段動詞（字尾：i 段音＋る）	た形	說明
	できる（完成）	できた	字尾る 變成た

【例】きのう生まれた のよ。（是昨天出生的喔！）

說明	下一段動詞（字尾：e 段音＋る）	た形	說明
	生まれる（出生）	生まれた	字尾る 變成た

【例】さっき作った のよ。（是剛才做好、烹調好的喔！）

說明	五段動詞（字尾：u 段音＋る）	た形	說明
	作る（製作）	作った	字尾る 變成った

【例】こないだできた のよ。（是前陣子才形成的喔！）

說明	上一段動詞（字尾：i 段音＋る）	た形	說明
	できる（完成）	できた	字尾る 變成た

❺ 名詞＋が＋動詞たら＋…

「一…，就…」的假設語氣

表達語氣、情緒說明

「名詞＋が＋動詞たら＋…」是「一旦…，就會、就要…」的假設語氣。適用於任何時機、任何人。

| NG！| 沒有不適用的場合、對象 | "…たら"的語氣 | 一…，就… |

【例】雪<ruby>が溶<rt>と</rt></ruby>けたらさよなら。（雪一旦融化，就要說再見。）

說明	下一段動詞（字尾：e段音＋る）た形		說明
	溶ける（融化）	溶けた	字尾る 變成た

【例】雪が溶けたら春。（雪一旦融化，就是春天了。）

說明	下一段動詞（字尾：e段音＋る）た形		說明
	溶ける（融化）	溶けた	字尾る 變成た

【例】 桜 が咲いたら 小 学生。

（一到櫻花開的時候，就是小學生了。）

說明	五段動詞（字尾：く）		說明
	咲く（開花）	咲いた	字尾く 變成い＋た

【例】カラスが鳴いたらさよなら。

（一到烏鴉啼叫的時候，就要說再見了。）

說明	五段動詞（字尾：く）		說明
	鳴く（啼叫）	鳴いた	字尾く 變成い＋た

❻ …が来たら＋また＋動詞＋からね

一旦…，就會再度…

表達語氣、情緒說明

「…が来たら＋また＋動詞＋からね」是一種說明的語氣，表示「在某種條件、情況之下，就會再度…」。適用於平輩、晚輩、熟人，以及非正式的休閒場合。…が来たら（一旦…來了），また（又、再）。

NG！ 不適用正式場合、長輩、陌生人

"からね"的語氣 「向對方說明、或答應對方」的語氣

【例】でも来年、冬が来たら また来るからね。

（可是明年，冬天一到我就會再來了。）

說明	名詞	名詞	カ行動詞
	来年（明年）	冬（冬天）	来る-くる（來）

【例】でも来年、春が来たら また咲くからね。

（可是明年，春天一到花就會再開了。）

說明	名詞	名詞	五段動詞（字尾：く）
	来年（明年）	春（春天）	咲く（開花）

【例】でも明日、朝が来たら また日が昇るからね。

（可是明天，一到早上太陽就會再度升起了。）

說明	名詞	名詞	五段動詞（字尾：o段音＋る）
	明日（明天）	朝（早晨）	日が昇る（太陽升起）

赤系列 29

從日本中小學課本學會話〔全新封面版〕
（附東京音朗讀 MP3）

初版 1 刷　2015 年 12 月 18 日
初版 9 刷　2022 年 2 月 8 日

作者	高島匡弘
封面設計	陳文德
版型設計	陳文德
責任主編	沈祐禎

發行人	江媛珍
社長・總編輯	何聖心
出版發行	檸檬樹國際書版有限公司
	lemontree@treebooks.com.tw
	電話：02-29271121　傳真：02-29272336
	地址：新北市235中和區中安街80號3樓
法律顧問	第一國際法律事務所 余淑杏律師
	北辰著作權事務所 蕭雄淋律師

全球總經銷	知遠文化事業有限公司
	電話：02-26648800　傳真：02-26648801
	地址：新北市222深坑區北深路三段155巷25號5樓

港澳地區經銷	和平圖書有限公司
	電話：852-28046687　傳真：850-28046409
	地址：香港柴灣嘉業街12號百樂門大廈17樓

定價	台幣290元／港幣97元
劃撥帳號	戶名：19726702・檸檬樹國際書版有限公司
	・單次購書金額未達400元，請另付60元郵資
	・ATM・劃撥購書需7-10個工作天

從日本中小學課本學會話 / 高島匡弘著.
-- 二版. -- 新北市：檸檬樹, 2015.12
面；　公分. --（赤系列；29）

ISBN 978-986-6703-98-0（平裝附光碟片）
1.日語 2.讀本
803.18　　　　　　　　　　　　104023892